바닷가 작업실에서는
전혀 다른 시간이 흐른다

바닷가 작업실에서는
전혀 다른 시간이 흐른다

김정운 쓰고 그리다

21세기북스

슈필라움(Spielraum, 주체적 공간)

독일어 '놀이(Spiel)'와 '공간(Raum)'이 합쳐진 '슈필라움'은 우리말로 '여유 공간'이라 번역할 수 있다. 아이들과 관련해서는 실제 '놀이하는 공간'을 뜻하기도 한다. 그러나 주로 '내 마음대로 할 수 있는 자율의 공간'을 뜻한다. '물리적 공간'은 물론 '심리적 여유'까지 포함하는 단어다.

'슈필라움'의 심리학

'공간'을 뜻하는 독일어는 '라움Raum'이다. 영어로는 'space(공간)', 'room(방)', 가끔은 'place(장소)'로 번역되기도 한다. 그러나 독일어의 '라움'이 가지고 있는 독특한 의미가 전달되지 않는다. 독일인들의 유별난 공간 의식이 반영되어 있는 단어이기 때문이다. '라움'의 의미는 다른 단어와 연결될 때 잘 드러난다. 우선 실제 살고 있는 물리적 공간을 뜻하는 '본라움Wohnraum'이 있다. 물리적 공간뿐만 아니라 사회학적, 경제학적, 심리학적 공간과 연관되는 '레벤스라움Lebensraum'이라는 단어도 있다. '생활공간' 혹은 '생활권'으로 번역되는 이 단어는 한때 나치 시대 이데올로기가 되기도 했다. 일본 제국주의자들이 사용한 '대동아공영권'은 바로 이 '레벤스라움'의 번역이다. 주체적으로 행동할 수 있는 영역을 뜻하는 '행위공간Handlungsraum'이라는 단어도 있다.

×××

심리학자의 눈에는 '슈필라움Spielraum'이라는 단어가 아주 특별하다. 흥미롭게도 독일어에만 존재하는 이 단어가 오늘날 한국 사회의 문제를 이해하는 데 아주 중요한 실마리를 제공한다. '놀이Spiel'와 '공간Raum'이 합쳐진 '슈필라움'은 우리말로 '여유 공간' 정도로 번역할 수 있다. 아이들과 관련해서는 실제 '놀이하는 공간'을 뜻하기도 한다. 그러나 주로 '내 마음대로 할 수 있는 자율의 공간'을 뜻한다. '물리적 공간'은 물론 '심리적 여유'까지 포함하는 단어다. '슈필라움'의 의미를 정확하게 전달할 수 있는 단어가 우리말에는 없다.

개념이 없다면 그 개념에 해당하는 현상은 존재하지 않는다. '슈필라움'에 해당하는 우리말이 없다는 것은 그러한 공간이 아예 없거나 그러한 공간의 필요성을 전혀 인식하지 못하고 살았다는 이야기다. 세계사에 유례가 없는 '압축 성장'을 경험한 대한민국의 사회심리학적 문제는 대부분 이 '슈필라움'의 부재와 아주 깊이 연관

되어 있다고 나는 생각한다. '심리적 여유 공간'은 물론 성찰을 위한 최소한의 '물리적 여유 공간'도 부재하기 때문이라는 거다. 모두들 '한번 건드리기만 해봐라' 하면서 산다. 특히 한국 사내들에게 '슈필라움'의 부재로 인한 부작용은 매우 심각하다. 물론 여자들에게도 '슈필라움'은 중요하다. 하지만 여자들에게는 화장을 지우는 작은 화장대라도 있다. 지친 하루를 성찰하며 자신과 대화할 수 있는 최소한의 공간이라도 있다는 이야기다.

모든 동물은 자신의 영역을 지키려고 한다. 밀집된 공간에서 마음대로 움직일 수 있는 최소한의 공간을 확보하지 못하면 이상행동을 보이기 시작한다. 서로 잡아먹으려고 한다. 새끼도 구별 못 한다. 심지어 자기 새끼를 잡아먹기까지 한다. 더 이상 교미도 하지 않는다. 동물행동학자 존 칼훈John Calhoun은 이 같은 행동을 '행동싱크behavioral sink'라고 불렀다. '싱크'는 음식물 쓰레기를 받는 용기처럼 온갖 쓰레기 같은 행동들의 집합을 뜻한다.

그래서 자동차만 타면 절대 안 비켜주는 거다. 남자들에게 존재가 확인되는 유일한 공간은 자동차 운전석이다. 자동차 운전석만이 내 유일한 '슈필라움'이라는 이야기다. 내 앞의 공간을 빼앗기는 것은 '내 존재'가 부정되는 것과 마찬가지다. 그래서 그렇게들 분노와 적개심에 가득 차 전전긍긍하는 거다.

그래서 매일 밤 그 꾀죄죄한 '자연인'을 넋 놓고 보는 거다. 외로움과 궁핍함을 담보로 얻어낸 그들의 '슈필라움'이 부러운 거다. '자연인' 앞에서는 '그것도 돈 있어야 하는 거야!'라는 '게으른 정당화'가 통하지 않는다. 그렇다고 스스로 '자연인'이 될 용기는 없다. 그들의 '슈필라움'은 진짜 내가 원하는 공간이 아니라는 것을 분명히 알기 때문이다. 그래서 그냥 은퇴하면 텃밭이나 가꾸며 살겠다고 막연한 위로만 하며 산다. 그러나 텃밭은 아무나 가꾸는 건가?

× × ×

"어린아이와 같은 퇴행적 행태를 보인 사람들만이 아우슈비츠에서 살아남았다"고 주장한 심리학자가 있다. 브루노 베텔하임Bruno Bettelheim이다. 1938년, 그는 오스트리아 빈 대학에서 칸트 미학에 관한 논문으로 박사 학위를 받았다. 그러나 바로 그해, 그는 나치 수용소로 끌려갔다. 수용소 생활이 일 년 정도 지났을 무렵, 미국 루스벨트 대통령의 부인인 애나 엘리너 루스벨트Anna Eleanor Roosevelt와 같은 후원자들의 집요한 노력 끝에 운 좋게 수용소에서 풀려났다. 미국으로 건너간 후, 베텔하임은 자신이 겪은 수용소 체험을 바탕으로 인간 본질에 관한 다양한 정신분석학적 해석을 내놓았다.

아우슈비츠에 끌려온 사람들의 태도에 관한 그의 분석은 당시 많은 논란을 불러일으켰다. 수용소에 끌려온 사람들은 대부분 느닷없이 끌려왔다. 아무 준비 없이 가족과 친구들로부터 분리된 수감자들은 엄청나게 혼란스러워했다. '자존심이 강했던' 성공한 유대인들, 즉 전문직을 갖고 독일과 오스트리아 중간계급으로 진입하는 데 성공했던 유대인들은 투옥과 이송 과정에서 대부분 사망했다. 자살하는 경우도 많았다. 끔찍한 수용소 생활 조건에서 '자존심'을 지키는 방법은 스스로의 목숨을 끊는 방법밖에는 없었기 때문이다.

'자존심' 따위는 버려야 했다. 인간으로서의 존엄을 포기해야만 살아남을 수 있었다. 사람들은 점차 서로 이야기하기를 포기했다. 마주 보지도 않았다. 발을 질질 끌고 다니며 느릿느릿 움직였다. 불과 몇 명 되지 않는 나치 친위대가 수백 명의 유대인을 가스실로 몰아넣어도 아무도 저항하지 않았다. 살아남은 수감자들은 어린아이와 같은 퇴행적 태도를 보였다. 수감자들끼리는 아주 사소한 일에도 흥분했고, 수용소의 감시자들에게는 아부하기 시작했다. 더 이상은 미래에 대해 생각하지 않았고, 마침내는 나치 친위대와 자신들을 동일시하며 그들의 행동을 흉내 냈다. 이렇게 변해야만 나치 수용소 생활을 견디고 살아남을 수 있었다는 것이다.

베텔하임은 이 같은 퇴행적 행동이 일어난 이유를 '슈필라움'의 부재로 설명한다. 베텔하임의 용어로 보다 정확히 말하자면 '결정을 위한 슈필라움Entscheidungsspielraum'의 부재다. 스스로 결정할 수 있는 여지가 전혀 없는 수용소의 삶이 수감자들을 어린아이와 같은 퇴행적 상태로 몰아넣었다는 것이다. 이때 '슈필라움'은 '심리적 여유 공간'을 뜻하지 않는다. '여유 공간'은 오히려 사치다. 인간으로서 최소한의 품격을 지킬 수 있는 '물리적 공간'을 뜻한다. 모든 것이 다 드러나는 수용소 생활에서 개인의 프라이버시는 존재하지 않는다. 자존심을 지킬 수 있는 모든 물리적 공간이 박탈된 유대인들에게 남겨진 선택지는 어머니에게 모든 것을 맡기고 의존할 수밖에 없는 '벌거벗은 어린아이처럼 되거나, 아니면 죽거나' 이 두 가지뿐이라는 것이다.

× × ×

아이들은 부모나 형제들로부터 독립된 '자기 방'이 처음 생기면 너무 행복해한다. 그러다 어느 순간부터 자기 방문을 걸어 잠그기 시작한다. 딱히 숨길 것이 있어서 그러는 것이 아니다. 타인들로부터 방해받고 싶지 않은 자기만의 '슈필라움'을 지키기 위해서다. 독립된 개체로서의 '자의식'을 공간으로 확인하려는 것이다. '물리적 공간'과 '심리적 공간'은 이렇게 아주 밀접하게 연관되어 있다. '슈필라움'은 바로 이 지점에 있는 단어다.

'심리적 공간'은 '물리적 공간'이 확보되어야 비로소 가능해진다. 서구의 근대 부르주아 출현 이후에 생긴 가장 큰 주거상의 변화는 '남자의 방Herrenzimmer'의 출현이다. 취향과 관심이 공간으로 구체화되었기 때문이다. 내 실존은 '공간'으로 확인된다. 버지니아 울프Virginia Woolf는 여자에게도 남자들처럼 '자기만의 방'이 있다면 얼마든지 창조적인 삶을 살 수 있다고 주장한다. 공간이 의식을 결정한다.

지금까지 우리는 '슈필라움'의 가치를 너무나 무시하고 살아왔다. 공간이 있으면 '슈필라움'은 저절로 생겨나는 것이라고 생각했다. 그렇지 않다. 아무리 돈을 많이 벌고, 높은 지위에 올라가도 나만의 '슈필라움'을 만들지 못하는 경우가 대부분이다. 유명 디자이너의 비싼 인테리어 가구로 공간을 가득 채운다고 '슈필라움'이 만들어지는 것은 아니다. 내 취향과 관심이 구현된 곳이 아니기 때문이다. 아무리 보잘것없이 작은 공간이라도 내가 정말 즐겁고 행복한 공간, 하루 종일 혼자 있어도 전혀 지겹지 않은 공간, 온갖 새로운 삶의 가능성을 꿈꿀 수 있는 그런 공간이야말로 진정한 내 '슈필라움'이다.

회사에서 직급이 높아지면 남들에게 방해받지 않는 자신만의 공간이 주어진다. 그러나 대부분의 한국 사내들은 그 공간을 어떻게 가꿔야 하는지 모른다. 골프 트로피나 온갖 단체에서 받은 상패들만 드문드문 놓여 있을 뿐이다. 기분 좋은 그림 하나 걸려 있지 않다. 그저 '넓은 공간'일 뿐 내 '슈필라움'과는 아무 상관 없다. 그러니 그렇게들 밤만 되면 '지하'로 내려가는 거다. 밤새 술 마시고 낮이면 슬쩍 빠져나와 사우나에서 쓰러져 코를 곤다. '자발적 퇴행'이다.

× × ×

막연하고 추상적인 가치에 너무 휘둘려 살아왔음을 오십 후반의 나이가 되어서야 깨닫는다. 여수라는 낯선 공간에서 혼자 좌충우돌하면서 '삶이란 지극히 구체적인 공간 경험들의 앙상블'이라고 정의 내렸다. '공간이 문화'이고, '공간이 기억'이며, '공간이야말로 내 아이덴티티'라는 이야기다.

'슈필라움'을 꿈꾸며 살아온 지난 몇 년간의 삶을 《조선일보》에 '김정운의 여수만만_{麗水漫漫}'이라는 제목으로 연재했다. 그 글들을 모아 이렇게 작은 책으로 출판하게 되었다. '바닷가 작업실', 그리고 '미역창고'를 통해 구체화되는 내 '슈필라움'의 형성 과정을 공유하고 싶었기 때문이다. 백 살까지 살 수 있게 된 오늘날, 우리가 꿈꿀 수 있는 '슈필라움'의 또 다른 가능성에 관해 보다 많은 사람과 이야기하고 싶었다. '귀농', '귀촌', '텃밭'이 우리 '슈필라움'의 전부일 수는 없는 일이다.

내 혼란의 시간은 글만으로는 표현할 수 없었다. 그래서 그림도 글의 주제에 맞게 매번 직접 그렸다. 결코 잘 그렸다고는 생각하지 않지만, '바닷가 작업실'에서 혼자 끙끙대며 정성을 다해 그린 그림이라 전혀 부끄럽지 않다. 그림이 텍스트와 같이 있으면 조금 더 많은 생각을 하게 되는 것 같아서 함께 싣기로 했다.

어떤 연고도 없이 충동적으로 내려와 살게 된 여수의 자연이 너무 아름다웠다. 그래서 여수의 바다, 하늘, 사계절을 찍은 사진도 같이 넣자고 출판사에 이야기했다. 오랜 방황 끝에 찾아낸 내 '슈필라

이렇게 살다 보면 언젠가
『노인과 바다』까지는 아니어도
『노인과 개』 정도는 쓸 수 있을
듯하다.

움'을 둘러싼 다양한 풍광을 혼자만 즐기기엔 너무 아까워서다. 몇 년 전 『가끔은 격하게 외로워야 한다』라는 책을 출판할 때 함께 작업한 김춘호 사진작가에게 이번 일도 부탁했다. 지난 일 년간 수십 차례 여수를 오가면서 김 작가는 정말 멋진 사진들을 만들어냈다. 격하게 감사드린다.

수시로 여수를 오가며 예쁜 책을 만드느라 참 많이 고생한 북이십일의 가정실 팀장께도 고마운 마음이다. 책 출판과 관련해서 마음이 오락가락하는 저자의 변덕에 노련하게 대처해줘서 즐거운 공동 작업이 된 듯하다. 이성희 디자이너는 페이지 넘기기가 너무 즐거운 책을 만들어주었다. 감사할 따름이다.

독자들께도 더없이 '기분 좋은 책'이 되었으면 좋겠다. 자신만의 '슈필라움'에 대해 구체적으로 생각할 수 있는 계기라도 될 수 있다면 참으로 보람 있고 감사한 일이다.

2019년 4월 16일
여수 남쪽 섬 '미역창고美力創考'에서
김정운

차례

프롤로그 '슈필라움'의 심리학   005

1st   #시선 _____ #마음 _____

일찍 배가 끊기는 섬   022
'눈이 작은 사람'은 만만하지 않았다   030

2nd   #물때 _____ #의식의 흐름 _____

배에서 해 봤어요?   038
멍한 시간   046

3rd   #미역창고 _____ #바닷가 우체국 _____

미역창고 美力創考   054
섬과 편지 공화국   062

여수의 봄   070

4th #불안 _____ #탈맥락화 _____

걱정은 '가나다순'으로 하는 거다   076
매번 나만 슬프다!   084

5th ___ #열등감 _____ #욱하기 _____

꼬이면 자빠진다!   092
열 받으면 무조건 지는 거다   100

6th ___ #삶은 달걀 _____ #귀한 것 _____

당신의 행복 따윈 아무도 관심 없다   108
누가 방울토마토를 두려워하랴   116
우리는 '귀한 것'에 꼭 침을 바른다!   124

여수의 여름   132

7th   #기억   #나쁜 이야기

불안한 인간들의 나쁜 이야기   138
냉소주의와 '기억의 여신' 므네모시네   146

8th   #감정 혁명   #리스펙트

너만 아프냐? 나도 아프다!   154
'어머 오빠!', 그리고 '좋아요!'   162

9th   #민족   #멜랑콜리

지난 시대의 멜랑콜리   170
자동차, 섹스숍, 그리고 통일   178

여수의 가을   186

10th #아저씨   #자기만의 방

아저씨는 자꾸 '소리'를 낸다!   192
인생을 바꾸려면 공간부터 바꿔야 한다   200

11th #저녁노을   #'올려다보기'

여수 앞바다에는 섬만 수백 개다!   208
멀리 봐야 한다, 자주 올려다봐야 한다   216

12th #관대함   #첼로

섬은 곡선이다   224
태풍 후의 낙관적 삶에 대하여   232

여수의 겨울   240

조금 긴—에필로그 천국에서는 '바닷가 해 지는 이야기'만 합니다! 244

#시선

#마음

'여자만'의 '배 빨리 끊기는 섬'들

일찍 배가
끊기는 섬

대학 시절, 여름방학이면 '일찍 배가 끊기는 섬'이 최고였다. 마지막 배가 떠난 항구에서 발을 동동 구르는 여자 친구에게 진짜 착한 표정으로 "오빠 믿지?"를 연발했던 기억이 있다면 '우리 기쁜 젊은 날'이다. 그렇게 '손만 꼭 잡고 잔' 그 여자 친구는 이튿날 보니 2박 3일은 족히 지낼 만반의 준비를 하고 왔다. 그때 그 '오빠 믿지?'의 청춘들이 이제 늙수그레 엄마, 아빠가 되어 자식들에게 수시로 그런다. "엄마는 아들을 믿는다!" "아빠는 우리 딸을 믿는다!" 젠장, 그런 믿음은 없다. 서로 잘 알면서 도대체 왜 그러는가?

요즘 여수에 마련한 화실에서 바다를 보며 이런 생각만 자꾸 한다.

아무도 인정해주지 않지만 이제 나도 '나름 화가'다. 단기대학 출신이지만 그래도 '일본 유학파'다. 나이 오십 넘어 시작한 미술 공부를 사 년 만에 마치고 몇 년 전 여수에 정착했다. "뭐 하고 사나?"는 질문에 약간 심드렁한 표정으로 "여수 바닷가에서 그림 그려요!" 하는 게 무척 폼 날 것 같아서다. 그런데 정작 여수에서 지내다 보니 전혀 그림을 그리지 않는다. 예전처럼 책 읽고, 글만 쓴다.

화실이 없어서였다. 화가가 화실이 없으니 그림을 안 그리는 거다. 그래서 횟집 하다가 망해 창고처럼 버려진 곳을 아주 싼 월세로 얻었다. 여수에서 가장 크고 멋진 화실을 가진 박치호 화가가 부지런히 발품 팔아준 덕분이다. 창고를 대충 수리하고, 캔버스를 마주하고 있으니, 그림은 안 그리고 또 딴생각이다.

창문 너머 바다가 너무 좋아서다. 바다는 '뻘'이 있어야 진짜다. 물론 동해나 제주 바다도 좋다. 그런데 옆에 있으면 남들의 부러운 눈길을 즐기지만 정작 둘만 있으면 별로 할 이야기가 없는 그냥 '예쁜 여인'이다. '뻘'이 있는 바다는 다르다. 수시로 변한다. 매번 정말 좋다. 진짜 '아름다운 여인'이다. 더구나 내 화실은 석양이 우리나라에서 최고라는 '여자만汝自灣' 끝자락이다. 이름이 어찌 또 '여자만'인가. 그래서 '오빠 믿지?' 같은 야릇한 생각이 들었던 거다.

그런데 사람은 그런 식으로 믿는 거 아니다.

심리학에 '틀린 믿음 실험false-belief-test'이라는 게 있다. 다양한 버전이 있지만 실험 구조는 대략 이렇다. 아이들을 앉혀놓고 인형극을 한다. 인형은 책을 읽다가 화장실에 가야겠다며 '오른쪽의 파란 통' 속에 책을 두고 나간다. 인형이 나간 사이에 책을 '왼쪽의 빨간 통' 속으로 옮긴다. 그리고 아이들에게 화장실에 다녀온 인형이 책을 어느 통에서 찾겠느냐고 묻는다. '내가 보는 세상'과 '남이 보는 세상'이 다르다는 것을 알면 '오른쪽의 파란 통'이라고 대답한다. 그러나 '내가 보는 세상'과 '남이 보는 세상'이 다르다는 것을 모르면 자기 눈에 보이는 대로 '왼쪽의 빨간 통'이라고 대답한다. 대충 4세가 되면 '오른쪽의 파란 통'이라고 대답한다.

타인의 관점에서 세상을 보는 능력이 대략 4세부터 생긴다는 뜻이다. 발달심리학자들은 '4세'라는 나이와 관련해 여전히 논쟁 중이다. 그러나 정말 중요한 것은 나이 문제가 아니다. 이 실험이 '틀린 믿음false-belief'에 관계된다는 사실이다. 타인이 나와는 '다른 생각', 경우에 따라서는 '틀린 생각'을 가질 수 있다는 사실을 이해해야 진정한 신뢰가 가능하다는 뜻이다.

물 빠진 갯벌에 갇힌 작은 어선들처럼

살다 보면 도무지 어찌할 줄 몰라

엉엉 울고 싶은 때가 있다.

그때도 어김없이 작은 가로등은 켜진다.

땅끝 마지막 가로등.

타인에 대한 '믿음'은 타인의 '다른 생각'에 대한 '이해'를 전제한다. 이건 정말 중요한 이야기다. '나와 같은 생각을 한다'고 믿는 것은 신뢰가 아니다. 강요다. '엄마는 믿는다' 또는 '아빠는 믿는다'고 이야기할 때 '자녀의 다른 생각'에 대한 이해를 전제하고 있는지 질문해야 한다. 부모·자식 관계만이 아니다.

타인은 언제나 '나와 다른 생각을 한다'를 되뇌어야 배신당하지 않는다. 타인의 '다른 생각'에 대한 이해가 부족한 이들은 항상 자기 생각만을 강요한다. 그리고 나중에 꼭 그런다. "정말 믿었던 이가 등에 칼을 꽂았다"고. 그러나 '등에 칼을 꽂는다'는 표현도 함부로 쓰는 거 아니다. 제1차 세계대전에서 패한 후, 독일군 사령관이었던 에리히 루덴도르프Erich Ludendorff는 "전쟁에서 병사들은 결코 패배하지 않았는데 배후의 사회민주주의자, 유대인이 병사들 등에 칼을 꽂았다"고 불평했다. 아돌프 히틀러Adolf Hitler는 이 '등에 칼 꽂기Dolchstoß'를 유대인에 대한 적개심을 고취하기 위해 적극 퍼뜨렸다. '등에 칼 꽂기'는 의도가 악하기 그지없는 참으로 고약한 표현이다.

타인을 이해하려면 일단 급하지 않아야 한다. 차분하게 상대방 마음을 얻을 생각은 않고, 어떻게든 빨리 어찌해보려니 '배 빨리 끓

어지는 섬'이나 찾아다니며 "오빠 믿지?"를 연발하는 거다.

그래서 '여수만만麗水漫漫'이다. '여유만만餘裕滿滿'이 아니다. 끝없이 펼쳐진 여수 앞바다와 섬을 보며 드는 '지루할 정도로 평온한 생각'이다. 물론 마냥 착한 생각만 하는 것은 아니다. 이런 생각도 했다.

남자가 '두 번째로 싫어하는 것'은 '소매치기'다. 그렇다면 남자가 '가장 싫어하는 것'은?

음······ '당·일·치·기'?

함께 볼 수 없으니 훔쳐보는 거다!

'눈이 작은 사람'은
만만하지 않았다

"정말 죄송합니다만, 본의 아니게 자꾸 엿듣게 되네요!"

아, 내가 올 한 해 동안 했던 발언 중 가장 훌륭했다. 기차가 여수엑
스포역에서 출발할 때부터 시작된 옆자리 사내의 통화는 천안을
지날 때까지 계속되었다. 그는 수시로 흥분하여 목소리도 높았다.
기차의 같은 칸에 탄 사람 모두가 두 시간 가까이 그의 통화를 함께
해야 하는 어처구니없는 상황이 이어졌다. 결국 나는 내가 할 수 있
는 가장 친절한 표현을 생각해내어 한마디 했다. 당황한 사내는 자
리를 옮겼다. 기차 안은 이제 조용해졌다. 그러나 잠시 후 나 스스
로가 몹시 우스워졌다. 옆 사내의 통화 엿듣기에 그토록 분노한 내

가 소셜 미디어를 통해 수시로 타인의 삶을 훔쳐보고 있었기 때문이다.

온 사회가 관음증이다. 소셜 미디어는 내 스마트폰에 저장된 전화번호의 주인들에게 어제저녁 무슨 일이 있었는지 수시로 알려준다. 사람들은 자신들의 삶을 시시콜콜 드러내지 못해 안달이다. 노출증이다. 관심이 전혀 없는데도 자꾸 보라고 한다. 결국 훔쳐보고야 만다. 관음증과 노출증은 동전의 양면이다. TV 프로그램은 '리얼리티 예능'이라는 이름으로 온통 관음증을 자극하는 것들뿐이다. TV를 보면 '도대체 내가 이 연예인의 거실을 왜 훔쳐봐야 하는가' 하는 생각에 황당해진다. 채널을 돌린다. 이번에는 또 다른 여자 연예인의 침실이다. 흠, 침실은 경우가 좀 다르다. 결국 채널을 멈춘다. 한참을 들여다본다. 이렇게 나는 아주 쉽게 관음증 환자로 전락한다.

몰래 사람의 행동을 훔쳐보는 '몰래 카메라'와 같은 프로그램은 TV가 처음 나올 때부터 있었다. 그러나 프로그램 끝에 숨겨진 카메라를 보여주며 출연자와 함께 웃었다. 오늘날의 리얼리티 예능처럼 이토록 시종일관 노골적으로 훔쳐보는 것은 아니었다. 1991년 네덜란드의 국영방송인 KRO에서 방영한 〈28번지Nummer 28〉라는 프로그램은 '리얼리티 쇼reality show'의 기원으로 여겨진다. 암스테르담 시내, 어떤 거리의 28번지에 일곱 명의 대학생을 살게 하고, 그들이 집 안에서 하는 행동을 관찰하는 프로그램이었다. 그다음 해인 1992년에 개봉한 영화 〈원초적 본능〉은 '훔쳐보기'를 노골화한 단 '한 장면'으로 흥행에 엄청난 성공을 거뒀다. 샤론 스톤Sharon Stone의 '다리 바꿔 꼬는 장면'이다. 새하얀 옷을 입은 샤론 스톤의 연기는 압권이었다. 정말 숱하게 돌려봤다. 비디오 대여점의 어떤 비디오도 그 장면이 온전하게 남아 있지 않았다. 죄다 비가 왔다.

2000년대에 들어서면서 '훔쳐보기'의 리얼리티 쇼는 전 세계적인 현상이 된다. 한국에서는 요즘 들어 아주 유난스럽다. 그러나 에로틱하거나 폭력적인 서구의 리얼리티 쇼에 비해 한국의 리얼리티 예능은 많이 착하고 교훈적이다. 육아 모습을 보여주며 가족애를 강조하거나, 군대 체험을 보여주며 애국심을 강조하기도 한다. '훔쳐보기'의 기법도 다양하게 진화했다. 출연자들이 스스로의 행동을 화면으로 보며 이야기하도록 하는 '성찰적 장면'을 포함하기도 한다. 출연자의 내면까지 들여다보겠다는 거다. 기막힌 '훔쳐보기의 교차 편집cross cutting'이다. 어머니들을 출연시켜 자식들의 행동을 훔쳐보며 이야기를 나누게도 한다. 시청자 입장에서 이건 '훔쳐보기의 훔쳐보기'다. '메타적 관음증'이라는 이야기다. 푹 빠져든다.

시선은 곧 마음이다. 내 시선이 내 생각과 관심을 보여준다는 이야
기다. 다른 동물들에 비해 인간 눈의 흰자위가 그토록 큰 이유는 시
선의 방향을 드러내기 위해서다. 흰자위와 대비되어 시선의 방향
이 명확해지는 검은 눈동자를 통해 인간은 타인과 대상을 공유할
수 있는 능력이 생겼다. '함께 보기'joint-attention'다. 인간의 의사소통
은 바로 이 '함께 보기'에 기초한다. 다른 동물들은 시선의 방향이
명확하게 드러나지 않는다. 눈 전체가 거의 같은 색이거나 흰자위
가 아주 작다. 소통이 아니라 사냥하기 위해서 진화했기 때문이다.
시선의 방향이 드러나지 않아야 사냥에 더 유리하다. (이제까지 살면
서 '눈 작은 사람'이 만만했던 적은 없다. 흰자위가 다 드러나는 '눈 큰 사람'은
대개 참 편안했다. 뭐, 내 개인적 편견이다.)

눈의 흰자위가 유별나게 컸던 인간은 '함께 볼 수 있는 능력'을 갖
게 되었다. 차원 높은 협업이 가능해진 것이다. 시간이 흐르며 '대
상의 공유'는 '의미의 공유'로까지 발전했다. '문명'이다. 그래서
인간은 남의 시선이 향하는 쪽을 반사적으로 따라 보게 되어 있는
것이다. 의사소통 장애인 자폐증의 가장 두드러진 증상은 바로 '함
께 보기'의 거부다. '훔쳐보기'는 자신의 시선을 드러내지 않겠다

날 훔쳐보는 게
취미인
주인집 강아지 '캔디'.

는 소통 거부의 집단적 자폐 증상이다.

하나 더. '함께 보기'가 가능하려면 누군가는 반드시 먼저 봐야 한다. 모두가 따라 보기만 할 수는 없는 일이다. 새로운 것, 낯선 것을 용기 있게 먼저 보며 '함께 보기'를 요청하는 사람이 있어야 한다. '리더'다. 남들보다 먼저 보는 리더의 새로운 시선이 '공유'될 때 사회는 발전하고 구성원들은 성장한다. 그러나 함께 볼 수 있는 것, 공유할 수 있는 것이 도무지 없다. 같이 보고 싶지도 않다! (아, 이건 정말 최악의 경우다.) 그 누구도 스스로 먼저 내다볼 용기가 없다. 그러니 내 시선의 방향을 숨기며 타인의 행동을 몰래 훔쳐보기만 하겠다는 거다. 공유할 수 있는 가치의 부재가 '관음 사회'를 만든다.

'훔쳐보기'는 '함께 보기'가 어려울 때 흥행한다!

#물때

#의식의 흐름

내 배 앞으로 해가 진다

배에서
해 봤어요?

뭍에서 보는 석양과 바다 한가운데서 배를 타고 보는 석양은 완전히 다르다. 벌겋게 흔들리는 가을 바다는 임마누엘 칸트Immanuel Kant가 이야기한 '장엄의 미학Ästhetik des Erhabenen'의 완성이다. 서술할 만한 미사여구가 없다. 그저 압도당할 뿐이다. 배 운전면허증이 있는 자만이 누리는 호사다.

여수에 앞으로 계속 살 생각이면 배 조종 면허 정도는 갖고 있어야 하는 거 아니냐는 박치호 화가의 꼬드김이 한몫했다. '해양 레저'가 활성화되면 나중에 어딘가에는 분명 쓸모 있을 거라는 생각도 있었다. 배를 타지 않을 거라면 여수까지 내려올 필요는 없었다는

자기 합리화도 했다. 며칠을 고생해서 '동력수상레저기구조종면
허'를 땄다. 면허가 있으니 배 운전도 하고 싶었다. 그러나 '렌트 보
트'는 없다. 내친김에 배도 사버렸다.

나도 이젠 '선주船主'다. 친구들에게 배를 샀다고 자랑하면 죄다 비
키니의 처녀들이 샴페인을 들고 있는 요트를 상상한다. 그러나 내
배 사진을 보여주면 '쳇' 하고 이내 고개를 돌린다. 1.5톤이 조금 넘
는 배다. 폐차 수준의 중고차 값을 주고 샀다. 그래도 박 화가는 지
중해풍으로 색을 칠해야 폼 난다며 바닥 쪽은 진한 녹색으로, 위는
흰색으로 칠했다. 배를 여수 앞바다에 처음 내리던 날, 난 숨이 막
힐 정도로 흥분했다. 그러나 배를 바다에 내리고, 첫 시동을 거는
순간 바닥에서 물이 분수처럼 솟구쳐 올랐다. 순간 잠수함을 잘못
산 거 아닌가 하는 생각도 들었다. 어쩔 수 없이 배를 다시 들어 올
려 고쳐야 했다.

정치하면서 힘든 길만 골라 다니는 영춘이가 여수에 들렀을 때, 자
랑한다고 태우고 나갔다가 배가 멈춰 선 일도 있었다. 뭔 배가 이
모양이냐는 핀잔만 잔뜩 들으며 간신히 배를 고쳐 몇 시간 만에 겨
우 돌아왔다. 그때 일은 지금 생각해도 등에 진땀이 쫙 흐른다. 하
마터면 '해양수산부 장관이 친구 고물 배 타고 나갔다가 조난당했

다'고 신문에 날 뻔했던 거다. 수차례 수리한 끝에 내 배는 이제 아무 문제 없이 잘 달린다. "배는 사면 기쁘고, 팔면 더 기쁘다"는 이 야기를 숱하게 듣지만, 배를 타며 나는 이제까지 전혀 경험하지 못한 또 다른 세상을 배운다.

'물때'다. 여수에는 전혀 다른 시간이 흐른다. 밀물과 썰물이 하루 두 번씩 반복되는 건 알았지만, 만조와 간조 시각이 매일 정확히 49분씩 늦어진다는 것은 몰랐다. 달이 지구를 공전하는 시간이 24시간 49분이기 때문이다. 매일 물이 들락거리는 속도도 달라지고, 물의 양도 달라진다. 물이 가장 많이 들고 빠지는 때가 '사리'다. 물이 가장 조금 들고 빠지는 때는 '조금'이다. 사리 때를 특히 조심해야 한다. 물이 빠지면 수백 미터 앞까지 바닥이 드러나기 때문이다. 아무 생각 없이 배를 끌고 나갔다가는 바다에서 몇 시간을 그냥 떠 있어야 한다.

'물때'는 '어쩔 수 없는 시간'이다. 살다 보면 '물때'와 같은 참으로 '어쩔 수 없는 시간'이 있음을 깨닫게 된다. 물이 들 때가 있고, 나갈 때가 있다. 잘될 때가 있으면 안될 때가 당연히 있다. 이 '물때'와 같은 시간마저 통제할 수 있다는 생각은 '죽음에 이르는 병'이다. '조급함'이다. 항상 잘되어야 하고, 안되면 불안해 어쩔 줄 모르

400만 원에 구입한
낡은 배를 수리했다.
'오리가슴'호.

처음 배를 내리던 날
배 밑바닥에서 물이
솟구쳤다!

'잠수함'을 잘못
산 줄 알았다.

는 조급함 때문에 참 많은 이가 불행해졌다.

한때 화가들은 시간을 화폭에 담으려고 했다. 바실리 칸딘스키 Wassily Kandinsky, 파울 클레Paul Klee와 같은 화가들은 리듬, 멜로디와 같은 음악적 요소들을 붓으로 그리려 시도했다. 회화나 조각, 건축이 '공간예술Raumkunst'이라면 음악은 '시간예술Zeitkunst'이다. 원근법으로 삼차원의 공간을 이차원에 아주 그럴듯하게 표현하는 데 성공한 화가들이 이제는 사차원의 시간을 표현하려 한 것이다. 추상회화의 시작이다.

20세기 초반의 다양한 추상회화 시도들 가운데서 네덜란드의 풍운아 테오 반 두스뷔르흐Theo van Doesburg의 통찰은 아주 기막히다. 피에트 몬드리안Piet Mondrian과 함께 '데 스테일De Stijl' 운동을 주도했던 두스뷔르흐는 시간의 본질을 '대각선'으로 파악했다. 한마디로 시간은 기울어져 흐른다는 것이다. 화면 한가운데 대각선을 그려 넣어 시간과 더불어 변하는 구성을 표현한 두스뷔르흐의 1923년 작품 「반구성Counter-construction」은 수직선과 수평선을 고집했던 몬드리안과 결별하는 결정적 계기가 된다.

시간은 기울어져 흐른다. 봄, 여름, 가을, 겨울을 바꿔가며 시간이 흐르는 이유도 지구가 23.5도 기울어져 있기 때문이다. 기울어져 흐르는 시간이 못마땅하다고 지금 당장 기둥을 수직으로 곧추세우면 시간은 흐르지 않는다. 흐르지 않으면 썩는다. 권력도 마찬가지다. 시간의 흐름을 배제한 평등은 가짜다. 50 대 50의 공간적 평등은 없다는 이야기다. 흐르는 시간에 따라 권력의 주체가 기울고 바뀌어야 평등하고 공정한 사회다. 이내 또 기울 것을 알아야 겸허해진다.

여수 바다에서 배를 타다 깨달은 이 느닷없는 생각을 이야기하려고 광선이 형에게 물었다. "배에서 해 봤어요?" 광선이 형은 잠시 멈칫하더니 "아니. 아직 못 해봤어. 근데…… 많이 달라?" 하며 아주 궁금한 표정으로 물어보는 것이었다. 잠시 후에야 알았다. 그는 '해 봤냐?'는 내 질문을 '해봤냐?'로 이해한 거다. 젠장, 이런 '변태 노인네'!

아, 띄어쓰기만 잘못해도 사람은 아주 쉽게 음탕해진다.

프로이트는 인간의 마음을 이렇게 그렸다!

멍한
시간

화실에 앉아 있다. 그냥 자꾸 바다만 본다. 큰아들이 한 달 정도 내
여수 화실에서 지내다 갔다. 있는 내내 '효과 음향' 넣는 아르바이
트를 밤새도록 했다. 그래도 눈앞에 바로 바다가 보이는 아빠 화실
에서 일하니 너무 좋다고 했다. 아들이 몇 주일 있다 가니 참 많이
허전하다. 서울 올라가면 바로 볼 수 있는 아들이다. 그런데도 거
참, 가슴이 푹 꺼지듯 쓸쓸하다.

그때 할머니도 그렇게 쓸쓸해하셨다. 초등학교 시절, 방학이면 강
원도 철원 변두리에 있는 할머니 댁에 가곤 했다. 서울에서 내려오
는 손자들을 위해 할머니는 방학 내내 그 귀한 고깃국을 끓여주셨

다. 우리가 떠나는 날이면 시외버스가 눈에서 사라질 때까지 손을 흔들며 섭섭해하셨다. 우리가 떠나면 바로 읍내 장터에서 강아지 한 마리를 사서 끌고 가셨다.

인근 군부대에서 '짬밥'을 얻어 와 일 년 동안 그 강아지를 정성스럽게 키우셨다. 손자들이 내려올 때마다 할머니네 강아지는 바뀌고 또 바뀌었다. 참으로 궁핍하던 시절 이야기다. 우리가 떠난 뒤, 할머니는 우리가 지내던 방은 한동안 들여다보지 않는다고 하셨다.

아, '내 친구 귀현이'가 키우던 강아지 '콩이'는 어찌 되었는지 갑자기 궁금하다. (물론 그 쥐똥만 한 '콩이'는 순전히 반려견이다.) 귀현이는 뒤늦게 캠핑장을 하면서 '인생의 직업'이라고 즐거워하다가 간암이 발견되어 느닷없이 세상을 떠났다. 얼마 전 이야기다. 내가 쓴 모든 책에 빠짐없이 등장하던 친구다. '내 친구 귀현이'가 내 모난 성격을 중간에서 다 걸러주었음을 뒤늦게 깨닫는다. 그가 떠난 후, 형편없는 내 인간관계의 민낯이 그대로 드러난다.

원래 여수에 함께 내려오기로 했었다. 작은 배를 사서 귀현이는 선장을 하고, 나는 '어부 김정운'이라는 회사를 차리기로 했다. 내가 사방에 돌아다니면서 광고를 하고, 부지런한 귀현이는 잡고기를

낚시가 행복한 건
'제'만 보기 때문이다.
나도 그때
'너'만 보고 있었다.

잡힌 고기는 '덤'이다.

직접 잡거나 새벽 어시장에서 싱싱한 고기를 사서 지인들에게 부쳐주는 생선 택배 사업을 하기로 했다. 그런데 이제 나만 혼자 여수에 내려와 있다. 배도 있고, 수시로 나가 고기도 잡는다. 택배로 보낼 만큼 많이 잡는 날도 있다. 그런데 '내 친구 귀현이'는 없다. 다 있는데, 귀현이만 없다.

나도 모르게 눈물이 흐른다. 지금 내가 뭐 하나 싶어 고개를 세게 흔든다. 다시 바닷가 내 화실이다. 불과 몇 분 멍하게 있는 동안 내 생각은 아들과 할머니, 그리고 '내 친구 귀현이'를 오갔다. 며칠 전과 수십 년 전, 그리고 일이 년 전의 시간대를 가로질렀다. 화실 책상에 있던 아들 컴퓨터, 할머니 뒤를 졸졸 따라다니던 그 '불쌍한 강아지', 그리고 귀현이와 계획했던 회사 '어부 김정운' 등이 사진처럼 내 머릿속을 스쳐 갔다. 이처럼 내 의지와 상관없이 순간을 날아다니는 생각을 '비자발적 기억involuntary memory'이라 한다.

마르셀 프루스트Marcel Proust의 소설 『잃어버린 시간을 찾아서』가 왜 그토록 중요하게 언급되는지 몰랐다. 마들렌을 홍차에 적셔 먹는 그 이야기를 누군가 언급하면 '참 허세 부린다'고 생각했다. 꾹 참고 그 소설을 읽으려 했다가 집어던진 적이 한두 번이 아니기 때문이다. 그러나 이제 보니 그의 소설은 인간 창조성의 본질을 정확하게 집어낸 것이었다.

인간은 도대체 언제부터 '창조적creative'이 되었을까? 단어 사용의 역사적 빈도수를 보여주는 '구글 엔그램 뷰어Google Ngram Viewer'에서 '창조성creativity'을 검색했다. 놀랍게도 '창조성'은 1920년대부터 사용되기 시작한 단어다. 이건 너무나 중요한 포인트다! '창조성'이라는 단어가 원래 있었던 것이 아니라는 뜻이기 때문이다.

1900년대 전후로 인류 정신사에 엄청난 변화가 있었다. 지그문트 프로이트Sigmund Freud의 정신분석학이 시작되던 바로 그 시기다. 도무지 이해할 수 없는 인간 심리를 '무의식'으로 풀어내기 시작하던 바로 그 지점이다. 프로이트는 당시에 유행하던 최면요법 대신 '자유연상freie Assoziation'을 무의식에 접근하는 통로로 사용했다. 1923년 『자아와 이드Das Ich und Es』라는 책에서 프로이트는 인간의 마음을 그림(46쪽)으로 묘사했다(프로이트는 단순한 흑백의 선으로 그렸다. 색은 내가 해석해서 칠했다).

프로이트보다 조금 앞서 미국의 윌리엄 제임스William James는 『심리학 원리Principles of Psychology』라는 책에서 비슷한 방식으로 '의식의 흐름stream of consciousness'이라는 개념을 사용했다. 문학에서는 프루스트를 비롯해 제임스 조이스James Joyce, 버지니아 울프 등이 유사한 방식의 인간 의식 작동 구조를 응용해 소설을 썼다. 내 마음대로 통제할 수 없는 '날아다니는 생각', 그리고 그 생각의 고리를 의식할 수 있는 '자기 성찰Introspektion'에 인간 창조성의 본질이 있다.

독일에서 태어난 내 큰아들은 독일 여행을 다녀온 후, 알고 보니 독일의 섬유 유연제 냄새가 '엄마 냄새'였다고 했다. 미국에서 공부한 어떤 교수는 미국식 대형 매장에 가면 유학 시절 생각이 자동으로 떠오른다고 했다. 바닥 청소 용품 때문이었다. 내겐 유학 가면서 처음 탔던 루프트한자 승무원의 향수 냄새가 '독일'이다. 이런 생각의 연결 고리는 '멍 때릴 때' 생긴다. 인공지능AI은 이런 거 절대 못 한다.

하나 더. 언젠가부터 한국 사람들은 '창조'라는 단어를 언급하지 않는다. 이전 정권에서 '창조'를 참으로 희한하게 사용했기 때문이다. '창조경제'를 한다면서 '말 타는 처녀'나 후원했다. 몹시 창피했다. 사람들은 이제 죄다 '창조' 대신 '4차 산업혁명'이라는 단어를 쓴다. 젠장, 오늘날의 이 엄청난 '의식혁명'을 어찌 '산업혁명産業革命'이라는 낡은 개념으로 설명할 수 있단 말인가? '4차 산업혁명' 또한 순 '개뻥'이다!

#미역창고

#바닷가 우체국

미역창고

미역창고
美力創考

그때 나는 매일 도서관에서 책만 읽었다. 독일어 원서를 꼼짝 않고 100페이지도 넘게 읽었다. 그러나 집으로 돌아오는 전철에서 그날 읽은 내용을 떠올려보니 전혀 기억나지 않았다. 삼십 년 전 독일 유학 시절 이야기다. 세미나에서도 마찬가지였다. 도대체 무슨 내용을 토론하고 있는지 전혀 이해하지 못했다. 용감하게 발표도 했다. 그러나 내 발표 후 토론 수업은 엉망이 되고 말았다. 누구도 내 독일어 발표를 이해하지 못했기 때문이다. 난감해진 담당 교수는 세 시간 해야 할 세미나를 삼십 분 만에 끝냈다.

어린 아내가 싸준 도시락을 도서관 옆 호숫가에서 꾸역꾸역 혼자 까먹었다. 친구가 거의 없었던 고교 시절, 소풍 가서 혼자 까먹던 어머니의 도시락보다 더 서글펐다. 그러다 엉엉 울었다. 도대체 이 유학이 가능한 건지 도무지 자신이 없었다. 한참을 껵껵거린 후, 눈물을 닦으며 그래도 버텨야 한다고 결심했다. 십 년이 지난 후, 난 독일에서 박사 학위를 받았다.

중요한 결정일수록 서글프다. 혼자 내려야 하기 때문이다. 최근 난 유학 초기에 도시락을 까먹으며 내린 그 결정만큼이나 고독한 결정을 했다. 2018년 초, 충동적으로 구입한 여수 남쪽 섬의 미역창고를 내 작업실로 개조하기로 한 것이다. 글도 쓰고, 그림도 그려야 하는 작업실 이름을 폼 나게 지었다. '美力創考(미역창고)'! '아름다움의 힘으로 창조적인 생각을 한다.' 죽인다! 미역을 담가뒀던 수조는 내 화실로 하고, 그 나머지 공간은 서재로 하는 설계도까지 폼 나게 만들었다. 그러나 공사를 실제 시작하려니 사방에서 난리다.

죄다 반대다. 여수도 남쪽 끝인데, 여수에서 배 타고 또 한 시간 내려가야 하는 남쪽 바다 끝의 그 섬에 작업실을 마련하려는 이유가 도대체 뭐냐는 거다. 공사비가 육지에 비해 몇 배나 들 거라는 이야기도 들려왔다. 하루 세 번 배가 들어오는 그 섬에서의 외로움은 도대체 감당할 자신이 있느냐는 협박이 가장 찔끔했다.

믿었던 떠돌이 사진작가 윤광준도 카톡으로 심히 우려한다는 의사를 보내왔다. 불편한 교통은 물론이고, 바닷가에 바로 붙어 있어 습도가 높아 살 만한 곳이 못 된다는 거였다. 그 많은 책이 다 썩을 거라는 협박도 했다. 친구 정주도 섬에 한번 와보더니 그대로 반대다. 경치는 아주 좋지만, 그렇게 막다른 골목에 함부로 돈을 투자하는 거 절대 아니라며 한참을 훈계했다. 그때까지 아무 소리 없던 아내마저 이제 노골적으로 반대 의사를 보였다.

아버지만 조금 다르게 반응하셨다. "쿠바에 가면 헤밍웨이의 서재가 바닷가에 있다"고만 하셨다. 그냥 헤밍웨이 이야기만 반복하셨다. 섬에 작업실만 마련하면 아들이 헤밍웨이급 작가가 될 거라고 믿으며 당신의 불안을 정당화하시는 듯했다.

모든 우려에도 불구하고 섬의 내 작업실 공사는 그해 여름부터 시작되었다. 내 고독한 결정의 기준은 분명했다. '교환가치Tauschwert'가 아니라 '사용가치Gebrauchswert'다. 카를 마르크스Karl Marx의 사회주의 이데올로기는 망했지만, '사용가치'와 '교환가치'를 구분한 경제학자 마르크스의 가치론은 여전히 유효하고 탁월하다. 각 개인의 구체적 필요에 의해 생산된 물건이 '화폐'라는 '교환가치'에 의해 평가되면서 자본주의의 문제가 시작되었다고 마르크스는 진

여수 남쪽 섬의
다 쓰러져가는 미역창고를
충동적으로 구입했다.

'美力創考',
'아름다움의 힘으로 창조적
사고를 한다'는 뜻이다.

죽인다!

단한다. 이른바 '사용가치'라는 '질적 가치'와 '교환가치'라는 '양적 가치' 사이의 모순이다.

'교환가치'는 내 구체적 필요와는 상관없는, 지극히 추상적 기준일 뿐이다. 한국 사회의 온갖 모순은 무엇보다도 주택이 '사는 곳(사용가치)'이 아니라 '사는 것(교환가치)'이 되면서부터라고 나는 생각한다. 오십 대 후반의 나이가 되도록 난 한 번도 내 구체적 '사용가치'로 결정한 공간을 갖지 못했다. 이 나이에도 내 '사용가치'가 판단 기준이 되지 못하고, 추상적 '교환가치'에 여전히 마음이 흔들린다면 인생을 아주 잘못 산 거다. 추구하는 삶의 내용이 없다는 뜻이기 때문이다. 섬 작업실 공사의 경제학적 근거는 이렇게 간단히 정리했다.

'정말 후회하지 않겠느냐'는 걱정에 대해서는 심리학적으로 더욱 간단히 정리했다. 후회는 '한 일에 대한 후회regret of action'와 '하지 않은 일에 대한 후회regret of inaction'로 구분해야 한다고 미국 노스웨스턴 대학교 심리학과의 닐 로스Neal J. Roese 교수는 주장한다. '한 일에 대한 후회'는 오래가지 않는다. 이미 일어난 일이기 때문에 그 결과가 잘못되었더라도 '그만한 가치가 있었다'고 얼마든지 정당화할 수 있기 때문이다. 그러나 '하지 않은 일에 대한 후회'는 쉽게 정당화되지 않는다. '한 일에 대한 후회'는 내가 한 행동, 그 단 한 가지 변인만 생각하면 되지만, '하지 않은 일'에 대한 후회는 '그 일을 했다면' 일어날 수 있는 변인이 너무 많기 때문이다. 심리적 에너지가 너무 많이 소비된다. 죽을 때까지 후회한다는 이야기다. 이루지 못한 첫사랑의 기억이 그토록 오래가는 이유도 바로 그 때문이다.

지금 이 섬의 미역창고에 작업실을 짓지 않는다면 죽을 때까지 '잎새에 이는 바람에도 나는 괴로워'할 것임이 분명하다. 반대로 섬에 작업실이 완공되어 습기와 파도, 바람 때문에 아무리 괴롭고 문제가 많이 생겨도 난 내가 한 행동에 대해 합당한 이유를 얼마든지 찾아낼 것이다. 그리고 내가 이 섬에서 왜 행복한가의 이유를 끊임없이 찾아낼 것이다.

아, 외로움을 어떻게 견딜 수 있는가의 문제가 여전히 남아 있다. 그러나 그것도 나름 해법이 있다. 하루에 세 번, 배가 들어올 때마다 내 엄청 예쁜 강아지, 셰틀랜드쉽독을 앞세워 항구를 배회하면 된다. 누군가는 반드시 "어머, 강아지다! 너무 예뻐요. 무슨 개예요?" 하고 말을 걸어올 것이다. 대한민국에서 개가 예쁘다고 '개 주인 남자'에게 선뜻 말 걸어오는 '남자'는 없다.

오늘도 나는 그대에게 편지를 쓴다!

섬과
편지 공화국

섬에 살려면 '이데올로기'가 필요하다. 나름 굳센 결심을 했지만 섬은 섬이다. 시간 날 때마다 섬에 관한 책을 찾아 읽는다. 시詩 한 구절을 찾았다. 안도현 시인의 「바닷가 우체국」이다. 시인은 "바다가 보이는 언덕 위에 우체국이 있다 / (…) / 우체국에서 편지 한 장 써보지 않고 / 인생을 다 안다고 말하는 사람들을 또 길에서 만난다면 / 나는 편지 봉투의 귀퉁이처럼 슬퍼질 것이다"라고 말한다. 크, 기막힌 시다.

개브리얼 제빈Gabrielle Zevin이라는 젊은 미국 작가의 『섬에 있는 서점』이라는 소설도 읽었다. "책방이 없는 동네는 동네라고 할 수 없지!"라든가, "우리는 혼자가 아니라는 걸 알기 위해 책을 읽는다"
와 같은 문장들이 아주 인상적이다. 이런 글을 마주치면 몹시 설렌
다. 단언적이기 때문이다. 시나 소설이 우리에게 감동을 주는 이유
는 바로 이 같은 단정적 표현들 때문이다. 삶의 무게에 주눅 든 개
인들은 감히 할 수 없는 통찰적 선언들을 작가들은 앞뒤 안 가리고
과감하게 내던진다

문학과 예술이 '단언적'이라면 학문Wissenschaft은 '담론적discursive'
이다. 합리성에 근거한 논리적 설득이 학문적 정당성의 전제이기
때문이다. 담론적 특징을 갖는 근대 학문은 '편지 공화국Republic of
Letters'에서 출발한다. 몇 년 전부터 미국의 스탠퍼드 대학에서는
'편지 공화국 지형도Mapping the Republic of Letters'라는 프로젝트가 진행
되고 있다. 17~18세기 유럽 지식인들이 어떻게 지식을 공유해왔
는가를, '편지 교신'의 흔적을 추적하여 파악하려는 프로젝트다.
당시의 지식 전파 경로가 한눈에 들어온다.

한때 유럽의 지식인들에게 '편지 공화국'은 실재하는 국가였다. 물
론 국경은 없었다. 국경을 초월한 지식인 공동체였던 '편지 공화
국'은 오로지 '편지'로만 존재했다. 편지를 통해 새로운 지식을 공
유하며 합리적이고 보편적으로 납득할 수 있는 근거에 관해 토론

했다. 독일의 철학자 위르겐 하버마스Jürgen Habermas는 이 '편지 공화국'의 개방적 담론 구조야말로 오늘날 시민사회를 가능케 한 '공공성Öffentlichkeit'의 기원이 된다고 주장한다. '관찰'과 '실험'이라는 근대적 무기로 무장하고 담론적 구조로 체계화된 '편지 공화국'은 아리스토텔레스, 플라톤과 같은 고대인들과 투쟁했다. 과감한 '고대인들과의 투쟁'을 통해 '과학과 기술의 통합'이 이뤄졌고, 그 결과 '유용한 지식useful knowledge'이 생산되었다. '증기기관'은 바로 이 '유용한 지식'이 만들어낸 하나의 결과물일 뿐이다. 증기기관이 산업혁명을 일으킨 것이 아니라는 이야기다.

'산업혁명'의 본질은 '과학과 기술의 통합'이라는 '지식 혁명'에 있다. '산업혁명'으로 시작되었다는 서양 주도의 근대, 즉 '대분기great divergence'는 바로 이 같은 '지식 혁명'이 있었기에 가능했다. 그래서 '4차 산업혁명'이 순 엉터리 개념이라는 거다. '산업혁명'이라는 개념 자체가 '헛방'인데 어찌 오늘날의 이 엄청난 변화를 '4차 산업혁명'이라는 낡은 개념으로 설명할 수 있느냐는 이야기다. 일단 '4차'라는 숫자부터 헷갈린다. 1차 산업혁명은 '증기기관' 때문인 것으로 다 아는 듯하지만 그다음 2차, 3차, 4차의 내용이 어떻게 되는지 전혀 분명하지 않다. 왜 매번 '혁명'인지도 참 애매하다.

섬에서는
원색의 물감이
서로 다투지 않는다.

시대착오적인 '4차 산업혁명'이라는 개념을 들고 나온 이는 스위스 다보스포럼의 클라우스 슈바프Klaus Schwab다. 1970년대에 그는 국가들의 경쟁력 순위를 매기는 『세계 경쟁력 보고서』를 출간하여 큰 관심을 끌었다. 국가의 '순위'를 모른 척할 나라는 없기 때문이다. 그 후 그는 '다보스포럼'을 창설하여 또다시 큰 재미를 봤다. '다보스포럼'은 세계 각국의 전·현직 대통령을 포함한 유명 정치인과 경제 장관, 교수, 언론인들이 매년 스위스의 시골 휴양지 다보스에서 모이는 최고급 사교 클럽이다. 포럼의 명성에 비해 내용은 전혀 창의적이지 않다는 비난에 직면하여 슈바프가 급조한 개념이 바로 이 '4차 산업혁명'이다.

'4차 산업혁명'은 독일에서 이미 존재하던 '인더스트리 4.0'이라는 개념을 차용한 것에 불과하다. 디지털화하지 않고는 그 미래를 담보할 수 없는 독일 제조업의 구조를 '인더스트리 4.0'이라는 개념으로 혁신해보자는 거였다. 이 '구호'를 슈바프는 학술적 용어처럼 들리는 '4차 산업혁명'으로 슬쩍 바꿔치기했다. 이따위 얼치기 용어를 한국 사회는 마치 엄청난 사회변혁을 예고하는 학문적 용어처럼 사용하고 있는 것이다. 산업사회의 종말을 고하는 초연결, 초지능 사회를 아주 낡은 산업사회적 개념으로 설명한다는 이야기다. '담론적'이어야 할 학문적 개념을 '단언'하는 사회는 아주 '후진 사회'다.

사회는 '담론적'이어야 하고 삶은 '단언적'이어야 한다. 그래야 불안하지 않다. 자꾸 '담론적'이 되어 흔들리는 섬에서의 내 미래를 안도현 시인의 시 「바닷가 우체국」을 다시 꺼내 읽으며 위로한다. 시는 이렇게 끝난다. "길은 해변의 벼랑 끝에서 끊기는 게 아니라 / 훌쩍 먼바다를 건너기도 한다는 것을 생각한다 / 그리고 때로 외로울 때는 / 파도 소리를 우표 속에 그려 넣거나 / 수평선을 잡아당겼다가 놓았다가 하면서 / 나도 바닷가 우체국처럼 천천히 늙어갔으면 좋겠다고 생각한다."

아, 나도 시인처럼 바닷가에서 그림을 그리며 '천천히 늙어가리라'고 아주 '단언적'으로 결심한다. 어쩌다가 등 뒤로 젊은 여인들이 "어머, 화가다!" 하며 지나가도 "제 화실에서 따뜻한 커피 한잔하실까요?" 같은 허접한 수작은 절대 안 할 거다. 전혀 못 들은 척, 아주 우아하게 그림만 그릴 거다. 섬에서 나는 그렇게 '단언적인 삶'을 아주 오래오래 살 거다! 어쩌면 아예 안 죽을 수도 있다.

여수의 봄

_____

S P R I N G

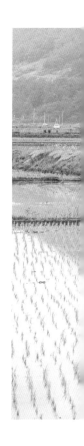

#불안

#탈맥락화

공연한 불안

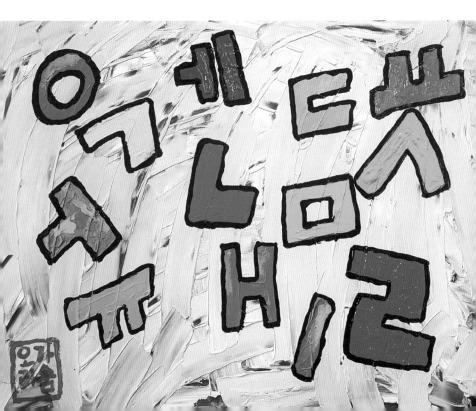

걱정은
'가나다순'으로 하는 거다

여수엑스포역에서 서울로 가는 기차를 탄다. 오전에 올라갈 때는
해가 비치는 동쪽을 피하고, 오후에 올라갈 때는 석양빛이 강한 서
쪽을 피한다. 차창 밖을 봐야 하기 때문이다. 구례 인근의 지리산
풍경이 최고다.

기차 여행이 시작되었을 때 유럽인들은 기차를 아주 불편하게 여
겼다. 정신없이 지나가는 차창 밖 풍경은 아주 '가관可觀'이었다. 그
래서 나온 표현이 '파노라마식 풍경panoramatische Landschaft'이다. 한
번에 모든 장면을 다 보여준다는 거다. 좋은 뜻이 아니다. 마차 여
행에 비해 기차 여행은 전혀 현실감 없고 산만하다는 거다. 오늘

날 기차 여행은 전혀 다르다. 이어폰의 음악이 있기 때문이다. 이어폰은 기차만큼이나 혁명적이다. 시각과 청각의 편집이 이뤄지며 내 삶의 이야기가 새롭게 구성된다. 이를 심리학에서는 '내러티브 narrative'라고 한다.

이어폰으로 듣는 음악이 진짜다. 다른 사람의 귀를 의식하는 허세가 사라지는 까닭이다. 스피커로 음악을 들을 때 나는 프란츠 슈베르트Franz Schubert의 〈리트Lied〉나 요한 제바스티안 바흐Johann Sebastian Bach의 〈평균율Das wohltemperierte Klavier〉을 가능한 한 심각한 표정으로 듣는다. 폼 난다. 그러나 '아재용 넥밴드' 이어폰으로 듣는 음악은 죄다 '7080 가요'다. 우연은 아니다. 평생 좋아하며 듣게 되는 음악은 청소년기가 끝나고 청년기가 시작되는 20세 전후에 들었던 것이 대부분이라는 심리학 연구 결과가 여럿 있다. 정서적으로 가장 예민한 시절에 듣는 음악인 까닭이다.

김세환의 〈목장 길 따라〉를 듣고, 박인희의 〈세월이 가면〉을 흥얼거린다. 조영남의 〈점이〉가 이어 나오고, 이연실의 〈조용한 여자〉가 속삭인다. '차창 밖 풍경'과 '7080 음악'은 그 시절 내가 죽어라 쫓아다니던 '예쁜 여학생'을 모두 불러낸다. 그녀들로부터 난 매번 차였다. 처참해진 나는 내 나름대로 비장하게 복수했다. 세상의

'예쁜 여자'는 죄다 빈혈이나 변비에 걸렸다고 생각한 것이다. 마음이 차분해졌다. 그러나 좀 살아 보니 세상에는 빈혈이나 변비에 걸린 '안 예쁜 여자'가 훨씬 더 많다는 것을 알게 된다.

들판에 생뚱맞은 아파트가 보이기 시작하는 천안을 지나면서 내 심리적 상황은 급변한다. 갑자기 온갖 걱정거리가 떠오르며 공연히 불안해진다. 매번 그런다. 그러나 가만히 생각해보면 그리 크게 불안할 이유는 없다.

우리의 걱정거리 가운데 정말 진지하게 걱정해야 할 일은 고작 4퍼센트에 불과하다고 한다. 결코 일어나지 않을 일이나 이미 일어난 일, 또는 아주 사소하거나 전혀 손쓸 수 없는 일이 96퍼센트라는 이야기다. 일 년에 삼백 일 이상을 '푸른 하늘'과 '파란 바다'를 볼 수 있는 여수 바닷가의 내 화실에 있을 때는 전혀 생각나지 않던 96퍼센트의 걱정거리가 희한하게도 천안 근처에만 오면 한꺼번에 밀려오며 불안해지는 거다.

'공연한 불안'에 대처하는 내 나름의 해결책은 걱정거리의 내용을 노트에 구체적으로 적는 일이다. 제목을 붙여 적다 보면 걱정거리는 '개념화'된다. 내 걱정거리의 대부분은 아무 '쓸데없는 것'임을

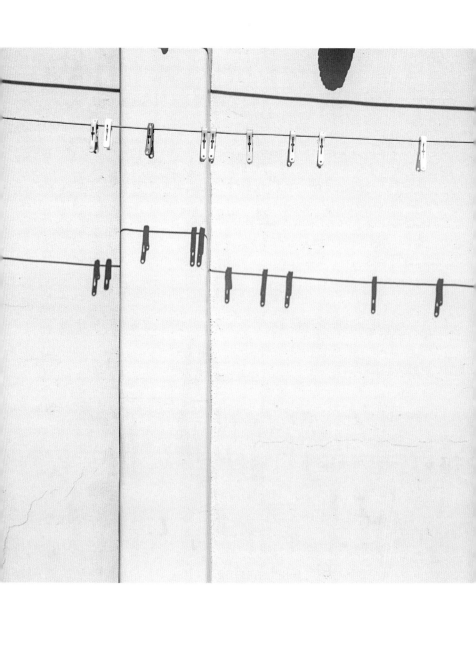

우리는
걱정거리를 빨래집게처럼
마냥 널어놓고 산다.

빨래가 없는데도
도무지 걷어낼 생각이 없다.

바로 깨닫게 된다. 아주 기초적인 셀프 '인지 치료'다. 간단한 덧셈과 뺄셈은 암산으로 가능하다. 그러나 복잡한 계산은 노트에 수식을 적어가며 풀어야 한다. 마찬가지다. 다양한 경로로 축적된 '공연한 불안' 역시 '개념화'라는 인지적 수식 계산을 통해 처리해야 한다. 생각이 복잡할 때 자신도 모르게 중얼거리는 이유는 바로 이 '개념화'가 일어나기 때문이다.

인간은 '셰마Schema'라는 인지구조로 무한대의 자극을 끊임없이 정리하며 살아간다. 스위스의 발달심리학자 장 피아제Jean Piaget의 주장이다. 새로운 정보를 경험하면 자신이 이미 갖고 있는 셰마에 따라 해석하고 분류하는 '동화Assimilation'가 일어난다. 새로운 정보에 따라 셰마를 수정하는 '조절Akkommodation'이라는 반대 과정도 있다. 셰마 작동의 핵심은 다양한 형태의 '개념화'다.

동화와 조절이 일어나는 것은 '평형화Äquilibration' 때문이다. '평형화'란 자아와 세계의 조화로운 관계를 통해 '몸과 마음의 평화'를 얻으려고 하는 유기체의 본능이다. 불안은 평형상태가 파괴되었을 때 나타나는 현상이다. 생물학적 메타포에 바탕을 둔 피아제의 이론은 오늘날 많이 '올드'하다고 여겨진다. 대안으로 좀 더 폭넓은 사회문화적 맥락에서 인간 발달을 설명하는 레프 비고츠키Lev

Vygotsky라는 러시아혁명기의 문화심리학자가 요즘 각광받고 있다. 그러나 인지구조 변화의 동기를 '평형화'에서 찾는 피아제의 이론은 여전히 통찰력 있다. '인지'와 '정서'의 이분법을 극복할 수 있는 이론적 계기가 포함되는 까닭이다.

'공연한 불안'의 개념화가 어느 정도 진행되면 그 개념들을 '가나다순'으로 다시 한 번 정리해보는 것도 좋다. '가나다순'으로 정리하는 것은 '개념의 개념화', 즉 '메타 개념화'라 할 수 있다. 자신의 '생각에 대한 생각'인 '자기 성찰' 또한 이런 '메타 개념화'의 한 형태다. 개념화된 불안을 다시 한 번 상대화하면 불안의 실체가 더욱 분명해진다. 더 이상은 정서적 위협이 되지 않는다. 정리되지 않은 불안은 기하급수적으로 부풀어 오른다. 어느 순간부터는 혼자 힘으로 도무지 감당하기 힘들어진다.

불안과 걱정이 습관처럼 되어버린 이가 주위에 참 많다. 잘나가는 사람일수록 그렇다. 그러나 아무리 돈이 많고 사회적 지위가 높다 한들 밤마다 불안해서 잠을 이루지 못한다면 그게 무슨 성공인가. '96퍼센트의 쓸데없는 걱정'에서 자유로워야 성공한 삶이다.

자주 웃고, 잠 푹 자는 게 진짜 성공이다!

매번
나만 슬프다!

현직에 남아 있는 내 친구들은 이제 거의 없다. 죄다 꺼진 불이다. 거참, 그 탁월했던 친구들이 한순간에 멍청해진다. '명함'이 사라졌기 때문이다. 사내들의 상호작용은 명함을 내놓는 것부터 시작된다. 명함을 주고받기 전, 두 사람의 표정은 별 차이 없다. 그러나 주고받은 다음에는 두 사람의 표정이 완전히 달라진다. '낮은 사람'이 반드시 웃는다. 희한하다. 명함이 있어야 한국식 상호작용의 원칙이 비로소 작동하기 시작한다는 이야기다. 내놓을 명함이 없으면 어찌할 바를 모른다.

수시로 자신의 삶을 규정하고 있는 전제들을 성찰하며 상대화해야 명함이 사라져도 당황하지 않는다. '탈맥락화Dekontextualisierung' 해야 한다는 이야기다. '탈맥락화'는 본질에 대한 질문이다. 철학에서는 '자기 성찰'이라 하고, 심리학에서는 '메타 인지meta-cognition'라 한다. 미술에서는 '추상Abstraktion'이라고 한다.

회화는 대상의 정확한 모방으로 자신의 영역을 지켜왔다. 그러나 사진이 나오자 '재현'의 회화는 더 이상 설 자리가 없어졌다. 변화의 시작은 폴 세잔Paul Cézanne이었다. 그는 고향의 '생트빅투아르 산'만 80여 점 그렸다. 실제 산과는 비슷한 구석이 별로 없는 '안 예쁜 풍경화'였다. 이른바 추상회화의 등장이다. 표현주의적 흔적을 미처 지우지 못한 칸딘스키의 뒤를 이어 나타난 카지미르 말레비치Kazimir Malevich, 엘 리시츠키El Lissitzky의 러시아 구성주의는 더욱 과감해졌다.

대상을 기하학적 단위로 쪼갰다. 기하학적 단위로 해체된 대상은 새롭게 재구성할 수 있었다. '창조적creative'이라는 단어가 사용되기 시작한 것도 바로 이때부터다. 세상을 '창조creation'한 신처럼 인간도 자신의 삶과 세계를 '창조적'으로 변화시킬 수 있게 된 것이다. 러시아 구성주의의 시도는 두스뷔르흐, 몬드리안의 '데 스테일De Stijl'을 거쳐 인류 최초의 창조 학교라 할 수 있는 독일 '바우하우스_{Bauhaus}'로 이어졌다. (2019년은 바우하우스 창립 100주년이 되는 해다.)

단순화하여 해체해야 재구성할 수 있다. 새롭게 시작할 수 있다는 거다. 내 일상의 행동을 규정하는 맥락에 관해 아주 구체적으로 질문해야 단순화할 수 있다. 예를 들면 문자로 매일 날아드는 경조사의 본질에 관한 질문 같은 것들이다. 경조사는 한국인의 일상을 가장 강력하게 지배한다. 날아든 친구 부모의 부고에 마음이 급해진다. 슬퍼할 친구의 얼굴이 밟혀서이다. 그러나 졸업 후 수십 년간 두어 번 만났을 뿐인 고등학교 동창의 빙부, 빙모의 장례식에는 도대체 왜 가야 하는 걸까? 자랄 때 용돈이라도 줬던 기억이 있는 친구의 자녀가 결혼한다면 만사 제치고 달려가야 한다. 정말 대견하고 기특하다. 그러나 축의금 내고 얼굴도장만 찍고 올 직장 상사 자녀 결혼식에 가야 하는 이유는 도대체 뭘까?

텅 빈 내 부모의 장례식, 초라한 내 자녀의 결혼식이 두렵기 때문이다! 그게 아니라면 (많이 치사하지만) 그동안 지출한 경조사비를 언젠가는 회수해야 하기 때문이다! 아닌가? 겨우 이런 이유로 황금 같은 주말 시간을 매번 그렇게 길바닥에 버려야 하는가?

부모 세대까지는 어쩔 수 없다 하더라도 우리의 장례식, 우리 자녀

세상을 보는
'창틀'은 내가 결정한 거다.

잘 안 보인다고
'남 탓' 하지 말아야 한다.

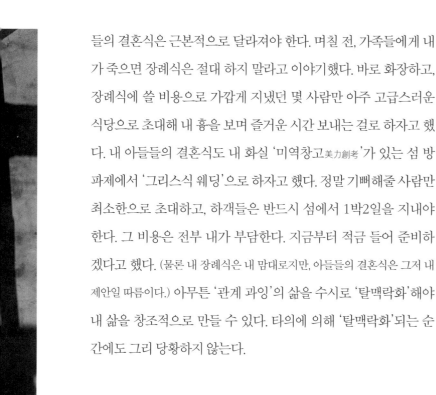

들의 결혼식은 근본적으로 달라져야 한다. 며칠 전, 가족들에게 내가 죽으면 장례식은 절대 하지 말라고 이야기했다. 바로 화장하고, 장례식에 쓸 비용으로 가깝게 지냈던 몇 사람만 아주 고급스러운 식당으로 초대해 내 흉을 보며 즐거운 시간 보내는 걸로 하자고 했다. 내 아들들의 결혼식도 내 화실 '미역창고美力創考'가 있는 섬 방파제에서 '그리스식 웨딩'으로 하자고 했다. 정말 기뻐해줄 사람만 최소한으로 초대하고, 하객들은 반드시 섬에서 1박2일을 지내야 한다. 그 비용은 전부 내가 부담한다. 지금부터 적금 들어 준비하겠다고 했다. (물론 내 장례식은 내 맘대로지만, 아들들의 결혼식은 그저 내 제안일 따름이다.) 아무튼 '관계 과잉'의 삶을 수시로 '탈맥락화'해야 내 삶을 창조적으로 만들 수 있다. 타의에 의해 '탈맥락화'되는 순간에도 그리 당황하지 않는다.

탈맥락화를 위한 추가 질문! 저출산이 큰 문제라고 한다. 국가가 돈 줄 테니 아이를 낳으라고 한다. 과연 돈이 본질일까? 아이를 낳지 않으면 국가가 없어지는 걸까? 인구가 줄면 외국의 이주민들이 그 빈자리를 채운다. 그들의 자녀는 아주 자연스럽게 '한국인'이 된다. 그러면 안 되는 걸까? 독일은 터키를 비롯한 동유럽 국가의 이주 노동자 자녀들이 '독일인'이 되어 빈자리를 채운다. 어차피 히틀러가 강요했던 '순수한 독일인'은 없었다. 그렇게 배타적인 일본도 이제 내놓고 '이민 국가'의 길로 들어섰다. 어쩔 수 없다.

본질적인 질문 하나 더. 저출산 문제의 본질이 그러하다면 '우리 민족끼리 통일'을 과연 해야 하는 걸까? '우리 민족끼리'라는 소리만 들리면 가슴이 하도 철렁해서 하는 생각이다. '반만년 유구한 역사의 한민족'이라서가 아니라, 우리 아들들이 더 이상 군대에 가지 않기 위한 '평화를 위한 통일'이 더 미래 지향적이고 설득력 있는 건 아닐까?

둘째가 논산 훈련소에 입대해서 그런다. 이렇게 추운데⋯⋯. 아내는 "큰아들은 훨씬 더 추운 철원에서 훈련받았는데 논산이 무슨 걱정이냐"며 돌아눕더니 이내 코를 곤다. 젠장, 매번 나만 잠 못 자며 걱정한다. 매번 나만 슬프다.

#열등감

#욱하기

인생이 자꾸 꼬이는 이유

꼬이면
자빠진다!

나는 유시민 작가가 몹시 불편하다. TV를 켜면 매번 그가 나온다. 그의 '구라'는 갈수록 현란해진다. 게다가 그가 쓴 책까지 모조리 잘 팔린다. 그게 나는 그냥 힘든 거다. 그러나 나는 그보다 훨씬 잘 생겼다! 그건 누가 봐도 그렇다. 유시민 작가는 이렇게 아주 간단히 제쳤다. 내 책이 베스트셀러 명단에 올라가면 꼭 새 책을 내서 내 책을 끌어내리는 혜민 스님은 좀 다른 방식으로 따돌렸다. 그는 '스님'이고 나는 '남자'라고 생각했다. 그러니 마음이 좀 나아졌다. 비겁해도 할 수 없다. 내 마음의 평화가 먼저다.

뜬금없지만 요즘은 이상순이라는 사뭇 촌스러운 사내가 날 괴롭힌다. 이효리 남편이란다. 참 선하고 따뜻해 보인다. 모난 성격 탓에 시종일관 부딪치며 살아왔던 나는 '부드러운 사내'만 보면 마음이 몹시 불편해진다. 그러나 이 경우 내 비장의 '인물론'은 어림 반 푼어치도 없다. 그의 아내는 이효리다! 그걸로 그냥 '게임 끝'이다. 아무리 비겁한 논리를 들이대도 해결되지 않는 이상순에 대한 내 질투는 이제 내 성격적 열등감을 건드린다.

우리 인생이 자주 꼬이는 이유는 '질투'와 '열등감' 때문이다. 이 둘은 동전의 양면이다. 질투가 외부를 향한다면 열등감은 내부를 향해 있다. '열등감Minderwertigkeitsgefühl'을 인간 행동의 중요한 설명 기제로 끌어들인 사람은 알프레트 아들러Alfred Adler다. 성적 욕망의 좌절과 억압으로 일관하여 설명하는 프로이트의 정신분석학에 반기를 들며 내세운 개념이다. 프로이트의 '콤플렉스Komplex'와 아들러의 '열등감'은 지난 백 년간 대립해왔다.

우리나라에서 수백만 부가 팔린 기시미 이치로岸見一郎의 『미움받을 용기』는 바로 아들러의 이론을 대중적으로 해설한 책이다. 좋은 책이긴 하지만 그렇게 팔릴 정도로 엄청난 책은 아니다. 내가 직접 감수하고 추천한 책이라 하는 이야기다. 느닷없는 '아들러 열풍'은 대한민국을 살아가는 우리 모두가 그만큼 열등감으로 힘들어한다는 사실을 의미한다. 열등감을 생략하고 오늘날 한국인의 집단 심리를 이해하기는 어렵다는 뜻이기도 하다.

흥미롭게도 프로이트나 아들러 모두 '유대인'이라는 열등감에 시달렸다. 내 일상의 유치한 열등감과는 비교할 수 없는 고통이다. 매일같이 경험하는 인종차별로 인한 뿌리 깊은 열등감의 상처를 유대인들은 저마다의 방식으로 해결했다. 우선 독일인보다 더 철저한 '독일인'이 되는 방식이다. 제1차 세계대전 당시에 독가스를 개발한 유대계 독일인 프리츠 하버Fritz Haber 같은 이다. 암모니아 합성비료를 발명한 그는 자신의 발명품이 독가스로 사용되는 것에 적극 동조했다. 그의 아내는 이를 반대하며 자살까지 했지만 막을 수 없었다. 그의 독가스는 결국 히틀러에 의해 자신의 유대인 친척까지 살해하는 데 사용되었다.

두 번째는 시오니즘이다. 유럽에서 그토록 멸시받느니 스스로를 격리하여 '유대 국가'를 세우자고 오스트리아 빈의 유대계 작가 테오도어 헤르츨Theodor Herzl은 부르짖었다. 그러나 그의 주장은 오늘날까지 여전히 해결될 기미가 보이지 않는 팔레스타인 문제의 기원이 된다. 시오니즘은 주로 '동유대인Ostjuden'이라 불렸던 동유럽 출신 유대인들에 의해 지지되었다. 그러나 시오니즘이라는 인종

열등감을 극복한다며

'적'을 만들어

미워하는 일처럼

비겁한 경우는 없다.

그러고는

자꾸

'함께 미워하자'고

그런다.

갈등 뒤에는 가난한 '동유대인'과 부유한 '서유대인Westjuden' 사이의 계급 갈등이 숨겨져 있었다. 1980년대 한국 사회의 '계급 모순'과 '민족 모순'을 둘러싼 논쟁처럼 20세기 초반의 유대인 문제는 하나의 차원으로 환원될 수 없는 아주 복잡한 문제였다.

독일인이 되기도 거부하고, 히틀러식 인종주의의 또 다른 극단인 시오니즘도 거부하며 '평화로운 유럽인'이 되고자 했던 유대인들도 있었다. 프로이트와 아들러는 물론 카를 크라우스Karl Kraus, 발터 벤야민Walter Benjamin, 프란츠 카프카Franz Kafka, 슈테판 츠바이크Stefan Zweig와 같은 이들이다. 오늘날까지 영향을 미치는 이들의 깊은 인문학적 사유의 원천은 이들이 끝까지 부둥켜안고 씨름해야 했던 '유대인 열등감'이다. 유대인이 위대한 이유는 노벨상을 많이 받아서가 아니다. 인종적 열등감을 풍요로운 상상력의 원천으로 발전시켰기 때문이다.

열등감에서 벗어나기 위해 '적'을 만드는 것은 가장 게으른 방식이다. 내면을 향한 칼끝을 바깥으로 향하는 것이다. 어떤 사회 이슈든 양극단에 치우친 이들의 이해하기 힘든 공격성과 적개심에는 이 같은 '투사Projektion'의 메커니즘이 숨어 있다. 부와 권력을 한 손에 쥐고도 여전히 적을 만들어야 마음이 편해지는 이들이다. 그러다 죄다 한 방에 훅 간다. 열등감은 외부로 투사하여 적을 만드는 방식으로는 결코 극복되지 않는다. '적'은 또 다른 '적'을 부르기 때문이다. 타인들과 공동체를 이뤄 살아가는 한 열등감은 사라지지 않는다. '마음속에 깊이 박힌 대못'처럼 그저 성찰의 계기로 품어야 한다.

지금 마음이 몹시 불편하고, 모든 것이 '구조'의 문제이거나 '네 편'의 문제로만 생각된다면 방법론으로서의 '심리학적 환원주의'를 취할 필요가 있다. 내면의 뿌리 깊은 질투와 열등감이 '정의'라는 정당화의 겉옷을 입고 있는 것은 아닌지도 살펴봐야 한다. '내 마음'의 문제는 쏙 빼놓고 사회문제만을 이야기하는 것은 참으로 염치없는 짓이기 때문이다. 이는 지난 몇 년간의 '아들러 열풍'을 바라보는 심리학자의 뒤늦은 설명이다.

어쨌거나, 꼬이면 자빠진다!

남의 말 중간에 끊는 것은 폭력이다!

열 받으면
무조건 지는 거다

마감에 쫓겨 원고를 쓰고 나면 거의 탈진 상태가 된다. 원고를 보내고 '또 하나를 해냈구나' 하는 만족감은 동네 목욕탕의 뜨거운 욕조에서 확인된다. 최근 내 '목욕탕의 기쁨'이 완전히 망가졌다. 어느 순간부터 같은 시간대에 꼭 만나게 되는 한 인간 때문이다. 등 전체와 팔뚝에 용 문신, 호랑이 문신이 가득하다. 그러나 몸집 자체는 조폭과는 아주 거리가 멀다. 전혀 근육이 없다. 그저 헐렁한 지방뿐이다. 그 인간이 매번 욕탕을 오가며 '섀도복싱'을 한다. 참 많이 덜렁거린다.

주먹 나가는 속도는 '턱도 없다!' 그런데도 입으로는 '쉭, 쉭'거리며 바람을 가른다. 내가 견디지 못해 목욕탕에서 먼저 나와 몸을 닦고 있으면 그 인간도 곧 따라 나와 옆에서 몸을 말린다. 아, 헤어 드라이기로 꼭 그 부분을 말린다. 무척 '느끼는 표정'으로 한참을 말린다. 물론 그 쾌감은 나도 안다. 그러나 공중목욕탕에서 절대 그러는 거 아니다. 주위를 돌아보니 목욕탕의 다른 사람들은 전혀 관심 없다. 나만 열 받아 어쩔 줄 모른다. 생각해보니 지금까지 살면서 이따위 '섀도 복싱맨'으로 인해 내 삶의 평화는 아주 자주 망가졌다. 나는 사소한 일에 매번 분노했다. 내 분노는 타인의 공격성을 정당화했을 뿐임을 뒤늦게 깨닫는다. 그러나 우리 사회에는 나처럼 '욱'하며 사소한 일에 목숨 거는 사람이 아주 많다.

'A유형A-type'이라 불리는 인간들이다. 혈액형이 아니다. 1950년대 후반 미국의 심장 전문의였던 마이어 프리드먼Meyer Friedman은 유난히 성격 급하고, 아주 사소한 일에도 화를 자주 내며, 스트레스를 잘 받는 사람들을 가리켜 'A유형'이라 이름을 붙였다. 프리드먼이 'A유형' 사람들을 발견하게 된 계기는 아주 우연이었다. 자신의 병원 대기실 의자가 계속 망가져서 가구업자에게 수리를 부탁했다.

가구업자는 프리드먼 병원의 가구가 참 특이하다고 했다. 보통은 의자의 등받이 쪽 천이 헐어 있는데, 프리드먼 병원의 의자는 손잡

이와 의자의 앞쪽 천이 다 헐어 있다는 것이었다. 한참이 지난 후에야 프리드먼은 자신의 병원 환자들이 특이하게 앉는다는 것을 깨달았다. 그들 대부분은 의자에 편하게 몸을 기대지 못했다. 다들 조급하여 의자 끝자락에 엉덩이를 겨우 걸쳐 앉아 있었다. 수시로 팔걸이를 손으로 문지르며 어쩔 줄 몰라 했다.

프리드먼은 강한 성취욕, 정확성, 동시에 여러 일을 처리하는 멀티태스킹이 가능한 인간들은 대부분 'A유형'에 속한다는 것을 확인했다. 이 같은 'A유형' 인간들은 관상동맥 질환에 걸릴 확률이 타인들에 비해 일곱 배가 높다는 것도 확인했다. 한때 우리 사회에서 '능력' 있다고 여겨지던 사람들은 대부분 바로 이 'A유형' 인간들이었다. 그래서 장례식장에 가면 '아까운 사람이 너무 일찍 갔다'며 그렇게들 아쉬워했던 거다.

오늘날 프리드먼의 연구에 대한 여러 가지 비판이 제기된다. 다양한 형태의 인간 성격을 'A유형'과 그 반대의 'B유형'으로 그렇게 쉽게 나눌 수는 없다. 그러나 'A유형'과 관련하여 수없이 반복된 연구를 통해 분명해진 것은 분노와 심장 질환의 관계다. 자주 분노하면 심장 계통 질환에 걸릴 확률이 확실히 높아진다는 거다.

서로, 돌아앉으면
'대화'는 일어나지 않는데···
거참···

확실한 게 또 하나 있다. 쉽게 분노하는 'A유형' 사람은 남의 말을 중간에 자주 끊는다. 말이 느리거나 자신의 생각을 일목요연하게 정리하지 못하는 상대방을 아주 못 견뎌 한다. 답답한 나머지 '열 받아' 상대방의 말을 중간에 끊고 스스로 요약한다. 주위를 돌아보면 그런 사람 정말 많다. '일 잘한다'고 여겨지는 사람일수록 더 그*런다. 그들의 눈부신 활약 덕분에 한국 사회가 여기까지 왔는지도 모른다. 그러나 이제 그런 사람들의 세상은 지났다. 오늘날에는 남의 말 중간에 뚝뚝 끊는 것도 폭언이며 폭력이다.

의사소통에서 가장 중요한 것은 '순서 주고받기turn-taking'다. 타인의 '순서turn'를 기다릴 수 있어야 진정한 의사소통이 가능하다. 인간의 의사소통 방식이 다른 포유류와 구별되는 것은 바로 이 '순서 주고받기' 때문이다. 그래서 아기가 태어나면 엄마는 바로 이 '순서 주고받기'를 제일 먼저 가르친다. 엄마가 인형 뒤에 숨었다가 갑자기 '우르르 까꿍' 하며 나타나는 놀이는 인종에 상관없이 모든 문화에서 발견된다.

아기가 '까르르' 웃을 때까지 엄마는 기다린다. 이제 엄마가 인형 뒤에 숨으면 아기는 조용해진다. 엄마가 다시 '우르르 까꿍' 하기를 기다리는 것이다. 이렇게 세상의 모든 아기는 '내 순서'와 '타인의'

순서'를 지키는 인간 소통의 가장 근본적인 규칙을 익힌다. 인간이 위대한 이유는 타인의 순서를 인정하고 기다릴 줄 알기 때문이다.

오늘날 사방에서 '욱'하는 이유는 '성취'와 '경쟁'의 규칙들로만 지내온 세월 때문이다. 세계 10위권의 부유한 나라가 되었지만 의사소통의 가장 기본 규칙인 '순서 주고받기'는 여전히 무시하며 살고 있다. 자신의 '순서'를 빼앗긴 상대방은 '분노'할 수밖에 없다. '분노'는 또 다른 '분노'를 낳는다. 그동안 까맣게 잊고 지내온 '순서 주고받기'라는 의사소통의 근본 규칙을 회복하지 않으면 이 분노의 악순환으로부터 결코 헤어날 수 없다. 조금만 차분하게 기다릴 줄 알면 그렇게까지 '욱'할 일은 별로 없다.

그 덜렁거리는 '새도 복싱맨' 따위는 아무래도 좋다고 생각하기로 했다. 그러나 드라이기로 '애먼 곳'을 말리는 그 행동에 대해서는 언젠가 꼭 이야기해야 한다. 그건 정말 아니기 때문이다. 내가 전혀 열 받지 않고, 아주 평온한 마음으로 '부탁'할 수 있을 때, 그때 가만히 이야기할 거다. 당분간 그 목욕탕의 드라이기는 안 쓴다. 드~럽다! 젖은 머리는 수건으로만 말려야 한다. 어쩔 수 없다.

열 받으면 무조건 지는 거다!

#삶은 달걀

#귀한 것

삶은 계란이다!

당신의 행복 따윈
아무도 관심 없다

"감우성이 나랑 많이 비슷한 것 같은데……." 내가 이야기를 채 꺼내기도 전에 아내는 발끈했다. "세상에나! 아침부터 무슨 귀신 씻나락 까먹는 소리야! 감우성이 얼마나 따뜻하고 부드러운데…… 턱도 없는 소리 하지 말고 당뇨약이나 까먹지 말고 잘 챙겨 드셔. 나 지금 바빠!" 가당치도 않다는 듯 아내는 바로 전화를 끊었다. 젠장, 나는 감우성이 연기하는 주인공의 성격 따위에는 전혀 관심 없다. 내가 비슷하다고 한 건 주인공의 섬세한 취향이었다. 언젠가 큰인기를 끌었던 연속극 〈키스 먼저 할까요?〉 이야기다.

혼자 지내면서 생산적이려면 절대 TV를 봐선 안 된다. 특히 연속

극이나 시사 프로그램은 쥐약이다. 불필요한 감정 소모가 너무 많다. 그런데 우연히 감우성의 서재가 나오는 연속극 장면을 '짤방'으로 봤다. 취향이 나와 사뭇 비슷했다. 방송사 홈페이지에 들어가 '다시 보기'로 쭉 봤다. 촌스러운 허세가 자주 등장했지만 그의 서재와 사무실에는 내가 좋아하는 소품들이 많았다. 만년필, 스케치 노트, 펜으로 쓰는 태블릿 등등. 대충 그림을 그리고 그 옆에 하이쿠 비슷한 짧은 글을 써넣는 '혼자 놀기'는 나와 아주 비슷했다. 아, 개 끌고 다니는 것도 같다.

내 개는 '셰틀랜드쉽독'이다. 가슴 쪽 흰털이 무지하게 예쁜 개다. 분당 집 근처 공원에 끌고 나가면 젊은 처자들이 일사불란하게 '어머나!' 하며 말을 걸어온다. 난 감우성식 그윽한 눈빛으로, 그러나 아주 무심한 척 '만져도 된다'고 한다. 그러나 이곳 여수 바닷가 내 화실 근처에 젊은 처자는 없다. 눈을 씻고 찾아봐도 없다. 굴 캐는 할머니들만 수시로 오가며 "무신 놈의 개가 이리 예쁘냐?"고 한다. '쉽독'이라고 하면 또 "뭔 개 이름이 그리 망측하냐?"고 한다.

연속극 주인공의 취향에 내가 주목한 이유는 '좋은 것'에 대한 욕심 때문이다. '좋은 삶'을 사는 방법은 아주 간단하다. 좋아하는 것을 많이 하고, 싫어하는 것을 줄이면 된다. 제발 '좋은 것'과 '비싼 것'을 혼동하지 말자! 자신의 '좋은 것'이 명확지 않으니 '비싼 것'만 찾는 거다. 요즘 여수의 내 삶에서 가장 '좋은 것'은 '삶은 계란'이다. '삶은 계란'을 아침에 아주 맛있게 먹는 것은 내게 결코 포기할 수 없는 즐거움이다.

유학하며 독일인들에게 배운 '좋은 삶'을 위한 기술 중에 하나가 바로 이 '계란 맛있게 삶기'다. 독일인들의 '삶은 계란' 사랑은 특별하다. 중간의 노른자가 아주 약간만 익어야 한다. 여행지 숙박업소의 서비스 수준은 아침 식사에 내놓는 '삶은 계란'의 익힌 정도로 평가된다. 완전히 익은 계란이 아니기 때문에 계란 받침대가 따로 있어야 한다. 세워진 계란을 나이프로 톡 쳐서 잘라내고 티스푼으로 소금을 뿌려가며 파먹는다. 덜 익은 노른자와 잘 익은 흰자를 적당히 섞어 먹어야 고소하다. 계란 윗부분을 자를 때는 껍데기가 부스러지지 않도록 정확히 5분의 2 지점을 단칼에 잘 잘라야 한다.

어느 정도 삶아야 좋은 거냐고 물으면 대답하기 참 곤란하다. 그러나 맘에 들지 않는 '삶은 계란'은 언제나 분명하다. 인생도 마찬가지다. '좋은 삶'이 어떤 것이냐 물으면 대답하기 힘들다. '좋은 것'은 항상 애매하다. 그래서 '그냥 좋다'고 하는 거다. 그러나 '싫은 것', '나쁜 것'을 구별하는 것은 쉽다.

바닷가 돌벽에
마구 엉켜 있는 밧줄처럼
'관계'가 자꾸 꼬일 때가 있다.

어부는 아주 느리게, 억울해하지도
않고 그 밧줄을 풀고 있었다.
무지하게 오래 걸렸다.

나와 아주 비슷한 생각을 하는 저자의 책을 읽었다. 『불행 피하기 기술』의 저자 스위스의 롤프 도벨리Rolf Dobelli다. 원어 제목은 '좋은 삶의 비결Die Kunst des guten Lebens'이다. 지구 반대편에 나와 똑같은 생각을 하는 사람이 있다는 것을 발견하면 참 즐겁다. 저자의 주장은 아주 간단명료하다. '좋은 삶gutes Leben'이 어떤 것인지 이야기하기는 힘들어도, '나쁜 삶'이 어떤 것인지는 누구에게나 분명하다는 거다. '신이 어떻다'고 말할 수는 없지만, '신이 그렇지는 않다'고는 분명하게 말할 수 있다는 중세 '부정의 신학negative theology'의 방법론처럼 우리도 '나쁜 삶'의 요인들을 하나씩 제거하면 행복해지지 않겠냐는 거다.

'좋은 것'을 추상적으로 정의하고, 각론의 부재에 괴로워하기보다는 '나쁜 것', '불편한 것'을 제거하자는 생각은 독일의 오래된 실용주의 전통이다. 1920년대 '바우하우스'에서는 '형태는 기능을 따른다'는 'FFFForm folgt Funktion' 디자인 원칙이 강조되었다. 삶을 불편하게 하는 불필요한 장식을 죄다 제거하자는 이야기다. 오스트리아의 건축가 아돌프 로스Adolf Loos는 아예 "장식은 죄악이다"라고 했다. 현대 미니멀리즘의 선구자인 디자이너 디터 람스Dieter Rams도 자신이 추구하는 디자인을 한마디로 '좋은 디자인gutes Design'이라고 정의했다. "적지만, 더 좋은Weniger, aber Besser"이라는 그의 디자인

철학은 오늘날 애플의 모든 스마트 기기 디자인에 적용되었다. 여기서 미니멀리즘이란 무조건 줄이는 게 아니다. '나쁜 것'을 줄이는 거다!

행복 혹은 '좋은 삶'에 좀 더 실천 가능한 방식으로 접근하자는 이야기다. '싫은 것', '나쁜 것', '불편한 것'을 분명하고도 구체적으로 정의하고 하나씩 제거해나가면 삶은 어느 순간 좋아져 있다. '나쁜 것'이 분명해야 그것을 제거할 용기와 능력도 생기는 것이다. '나쁜 것'이 막연하니 그저 참고 견디는 것이다. 그러나 무조건 참고 견딘다고 저절로 행복해지는 것은 아니다. 내 스스로 아주 구체적으로 애쓰지 않으면 '좋은 삶'은 결코 오지 않는다. 아무도 내 행복이나 기분 따위에는 관심 없기 때문이다. 그래서 나는 오늘도 계란을 삶는다.

내게 삶은 계란이다!

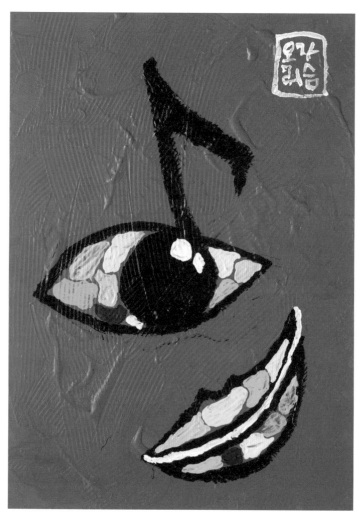

상식common sense은 공통 감각sensus communis에서 나온다

누가 방울토마토를
두려워하랴

독일 베를린에서 열린 '바우하우스' 창립 100주년 기념행사에 다녀왔다. 독일에 갈 때마다 나는 자주 독일인들과 싸운다. 오래 산 사람만이 알 수 있는 동양인 비하의 교묘함 때문이다. 입국장부터 시작된 '나의 투쟁'은 출국할 때까지 계속된다. 이번에는 절대 분노하지 않기로 맘을 단단히 먹었다.

행동경제학자 대니얼 카너먼Daniel Kahneman은 인간의 기억과 관련해 '정점-종점 규칙peak-end rule'을 주장한다. 지난 일을 평가할 때 '가장 좋았던 일peak'과 '가장 마지막 일end'이 그 경험 내용을 결정한다는 이야기다. 시간이 지나면 '정점'과 '종점'을 제외한 일은 거의 생각나지 않는다. 그래서 여행이 행복하려면 마지막 순간에 신경을 집중해야 한다. 호텔에서 체크아웃할 때 느닷없는 청구액에 놀라지 않을 준비를 미리 해야 한다. 유럽 공항에서 쇼핑한 물건의 세금을 돌려받는 일도 되도록 피해야 한다. 단 한 번도 기분 좋았던 적이 없기 때문이다. 이번에는 책만 샀다. 이번 여행은 큰소리 한 번도 안 내고 잘 끝냈다. 비행기 탈 때까지 상냥한 표정으로 먼저 웃었다. '종점'은 완벽했다.

이번 여행의 '정점'은 독일의 슈뢰더 전 총리를 만나 식사한 일이다. 사민당의 게르하르트 슈뢰더Gerhard Schröder와 녹색당의 요슈카 피셔Joschka Fischer는 1990년대 내 유학 생활의 영웅이었다. 독일 의회에서 젊은 그들이 연설하면 나는 넋을 놓고 봤다. 엄청났다. 두 사람은 팀을 이뤄 노쇠한 헬무트 콜Helmut Kohl의 장기 집권을 끝냈다. 두 사람은 결혼도 경쟁하듯 여러 번 했다. 슈뢰더 전 총리는 최근 한국인과 결혼했다. 베를린 칸트슈트라세의 오래된 식당에 아내와 함께 나타난 그는 너무 행복해했다. "나에게는 너무나 특별한 사람"이라며 잠시도 손을 놓지 않았다. 평균수명 100세 시대에 '결혼 세 번'은 기본이라고 했더니 그는 재혼인 아내에게 한 번 기회가 더 있는 거냐며 불안하게 웃었다.

실제 그렇다. 한 번 하면 '검은 머리 파뿌리 되도록' 살아야 하는 결혼 제도는 평균수명이 채 40세도 안 될 때 만들어진 거다. 백 년도 넘게 살아야 하는 미래에는 단 한 번 결혼해서 칠팔십 년을 함께 사는 부부는 '천연기념물'이 될 확률이 높다. 복잡하고 거추장스러운 결혼, 이혼 절차를 생략할 수 있는 '동거'가 보편화된다. 유럽의 많은 나라가 '동거 커플'을 '결혼한 부부'처럼 제도적으로 보장해준다. '저출산 대책'은 이런 총체적인 사회문화적 변동을 고려해야 제대로 해결할 수 있다. (100세 시대에는 '결혼 10년 단임제'도 훌륭한 대안이다. 결혼하면 그 파트너하고 딱 십 년만 사는 거다. 정말 사랑하면 단 한 번만 연장할 수 있다. 크, 어렷 행복해질 것 같다.) 식당을 나서며 슈뢰더 전 총리는 내게 그 '귀족적인(!) 마스크'로 어찌 결혼을 딱 한 번만 했느냐고 물었다. 나는 '졸리다리테트Solidarität'라고 했다. '연대' 혹은 '의리'라는 뜻이다.

이번 여행의 또 다른 '정점'은 '감각'과 관련된 바우하우스 철학의 재발견이었다. 1919년에 설립된 바우하우스는 불과 십사 년 만에 나치의 탄압으로 문을 닫았다. 그러나 모더니즘 건축, 산업디자인의 시작으로 여겨지는 바우하우스 철학은 백 년이 지난 오늘날에도 여전히 우리 삶을 지배하고 있다. 한국인들의 삶과도 아주 구체적 관계를 갖고 있다. '한국식 아파트'야말로 바우하우스 건축의

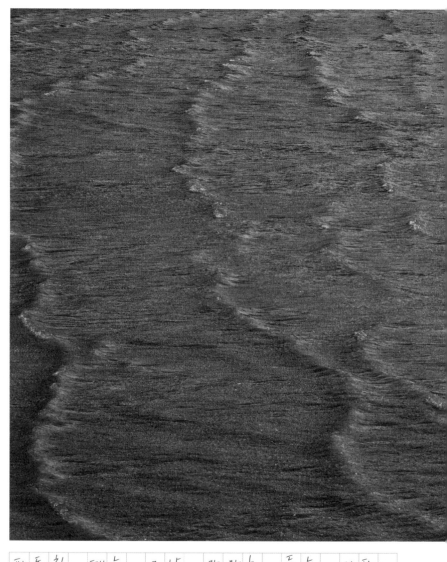

파도칠 때는 그냥 가만히 듣는 거따.
그대가 파도칠 때, 나도 그랬다.

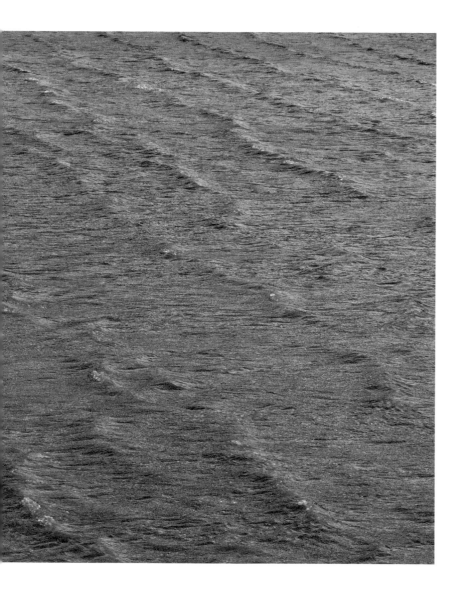

가장 효율적 활용이기 때문이다. 최악의 미학적 응용이기도 하다.

바우하우스 철학의 핵심은 '공감각共感覺 · synesthesia'이었다. '공감각'이란 감각이 서로 교차되는 것을 뜻한다. 예를 들면 그림을 보면서 음악을 느끼거나, 음악을 들으면서 색채를 보는 것과 같은 감각의 교차적 경험이다. 바우하우스에서는 수공업 장인들의 '촉각'을 기초 교육과정에 포함시켰다. 온갖 조형 재료의 성질을 직접 손으로 체험하게 하는 것이다. 오늘날 독일 디자인의 독특한 재질감은 바로 이런 '시각과 촉각의 창조적 편집'이라는 바우하우스의 전통에서 나온다. 바우하우스 선생이었던 칸딘스키나 클레는 음악의 청각적 경험을 이차원의 시각적 평면에 구현하려 했다. 바우하우스가 지향한 건축이란 이런 감각적 경험의 종합이었다.

감각적 경험의 교차 편집이 일어나고, 공유할 수 있는 정서적 경험이 풍요로운 사회가 창조적 사회다. '상식common sense'은 라틴어의 '공통 감각sensus communis'에서 파생한 단어다. 특정 감각만이 절대화되면 '상식'은 더 이상 작동하지 않게 된다. 소통 불가능해진다. 정치적 성향에 따라 신문과 방송, 혹은 유튜브나 팟캐스트 따위로 감각적 기반이 전혀 달라지는 오늘날 한국 사회에서는 더욱 그렇다. 분노, 적개심을 야기하는 파괴적 정서가 아니라, 공유하며 교차

되는 공통 감각적 경험을 아주 치밀하게 고민해야 한다. 문화예술 정책은 그런 걸 하는 거다. '상식이 통하는 사회'는 그렇게만 가능 하다. 백 년 전의 바우하우스가 우리에게 주는 통찰이다.

끝으로 아주 개인적인 공감각적 경험 하나. 나는 방울토마토가 싫 다. 입안에서 겉돌며 잘 씹히지 않는 물리적 느낌이 불편하다. 억지 로 잡아 씹으면 느닷없이 터지는 입안의 그 느낌에 긴장까지 한다. 마누라 목소리가 조금만 높아져도 바로 긴장하는 요즘인데 방울 토마토 따위에 그럴 까닭이 전혀 없다. 방울토마토는 아무리 작아 도 잘라 먹어야 한다. 입안에 들어올 때부터 토마토 속의 산뜻함을 느낄 수 있어야 맛있다. 내겐 그렇다.

'카우치Couch'는 무의식의 통로다

우리는 '귀한 것'에
꼭 침을 바른다!

한국 사람들이 책을 너무 안 읽어서 큰일이라고 아주 정기적으로 호들갑이다. 독서율에 관한 통계 자료들을 검색해서 자세히 살펴봤다. 뭐 그렇게까지 형편없는 수준은 아니다. 매번 '꼴찌 증명의 기준'으로 동원되는 'OECD 평균'에도 그리 크게 떨어지지 않는다. 우리보다 독서율이 높은 나라는 주로 스웨덴, 네덜란드, 독일과 같은 북유럽의 나라다. 그러나 그 나라 사람들은 책을 많이 읽을 수밖에 없다. 일단 겨울이 무지하게 길다. 오후 두세 시면 깜깜해진다. TV도 너무 재미없다. 대부분 토론 프로그램이다. 드라마도 보고 있기가 참으로 딱한 수준이다. 한국처럼 '출생의 비밀' 따위는 그리 큰 문제 안 되는 사회이기 때문이다. 그 긴 겨울밤, 붉은 백열등 불빛 아래 책을 읽는 것이 우아하게 폼도 나고, 시간도 잘 간다.

책에만 '지식'과 '정보'가 있다고 이야기하는 건 많이 억지다. 내겐 책 읽는 모습을 거의 본 적 없는 대학생 아들 둘이 있다. 나는 매일 강박적으로 책을 읽는다. 그러나 세상 돌아가는 이야기는 내 아들들이 훨씬 많이 안다. 팩트도 정확하고 아주 논리적이다. 매번 나만 "니들이 뭘 알아!" 하며 흥분한다. 그러나 정작 세상을 모르는 쪽은 나다. 내 아들들은 하루 종일 스마트폰만 들여다본다. 궁금한 것은 바로바로 '검색'한다. 정보 전달의 효율을 따지면 책은 스마트폰의 상대가 될 수 없다. '지식'과 '정보'를 '동영상'과 '검색'으로 훨씬 효과적으로 얻을 수 있다면 책은 도대체 왜 읽어야 하는가?

침을 바를 수 있기 때문이다! '침 바르기'는 '존재 확인'의 숭고한 행위다. 우리는 '귀한 것'에 꼭 침을 바른다. 뭉칫돈이 생기면 우리는 한 장 한 장 침을 발라가며 돈을 센다. 사랑하는 이가 생기면 어떻게 해서든 그에게 혹은 그녀에게 침을 바르고 싶어 안달 난다. 책도 마찬가지다. 전자책이 아무리 효율적이어도 아날로그 책 읽는 재미를 따라갈 수 없다. 침을 바를 수 없기 때문이다.

문제는 갈수록 '침 바르기'가 힘들어진다는 사실이다. 일단 돈 셀

일이 없어졌다. 죄다 카드로 계산한다. 카드도 이젠 스마트폰 안으로 들어왔다. 돈은 그저 계좌에서 계좌로 이동할 뿐이다. (화폐는 이제 '입자'가 아니다. '파동'이다. '가상 화폐'의 미래도 이 관점에서 보면 아주 명확해진다. 이건 엄청난 이야기다.) 나이 들수록 사람에게 침 바를 일도 없어진다. 젊은 시절, '타액 분비 과다'였던 내 친구 천일이도 이젠 '구강건조증'이다. 남은 것은 책뿐이다. '침 바르기'라는 존재 확인의 최후 보루가 독서라는 이야기다. 침 바를 일이 없으니 그렇게들 '분노와 적개심의 침'만 사방에 퉤퉤 뱉는 거다!

그래서 책을 읽어야 한다! '침 바르기'가 동반되는 독서는 '성찰적'이며 '상호작용적'이다. 영상을 통해 지식과 정보를 흡수하는 일은 일방적이고 수동적이다. 속기 쉽다는 이야기다! 책은 다르다. 중요한 부분에 밑줄을 긋는다. 그 옆의 빈 곳에 떠오르는 내 생각을 적는다. 밑줄을 긋고 빈 곳에 내 생각을 문자화하는 행위는 매우 성찰적이다. '내가 왜 이 구절을 중요하다고 생각했는가에 대한 생각'과 관련되기 때문이다. 이 같은 '내 생각에 대한 생각'을 심리학에서는 '메타 인지meta-cognition'라고 한다. 스스로를 객관화하는 '자기성찰self-reflection'의 메커니즘과 '밑줄 긋는 독서'의 메커니즘이 심리학적으로 동일하다는 이야기다.

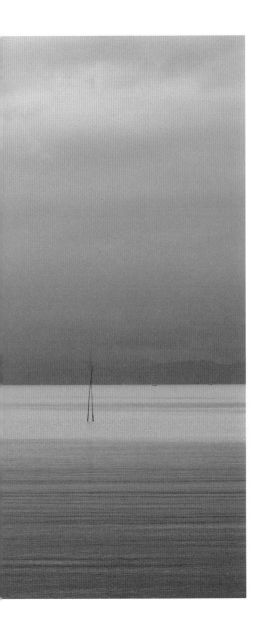

바다 한가운데 저 뜬금없는 막대기가

어부들에겐 너무 소중한 손짓일 수 있다.

좌표가 없으면 그냥 흘러간다.

책을 읽어야 하는 더 중요한 이유가 있다. '의미'의 생성과 깊은 관련이 있기 때문이다. 개별적 사건과 경험들에 대한 기억은 주체적 관심에 따라 서로 연결되며 의식의 차원으로 올라온다. 인간의 의식 또한 '입자'가 아니라 '파동'이다. '입자'와 같은 개별 사건들을 연결하는 그 행위가 바로 '의미 부여'다. 개별 사건 자체는 그리 중요하지 않다. 단순한 '팩트'에 불과한 사건들을 연결하는 그 '의미 부여'가 의식의 본질이다. ('팩트 체크'는 결코 객관적이지 않다. 그 '팩트'를 선택하는 행위 자체가 철저히 주관적이기 때문이다.) 몇 년 전 세상을 떠난 뇌신경학자 올리버 색스Oliver Sacks는 일부 편두통 환자들에게서 기억이 '스틸 사진'처럼 깜박이는 현상을 발견했다. 사건과 사건을 연결하는 의식의 '편집 기능'이 망가지는 이런 증상을 그는 '영사시映寫視 · cinematographic vision'라고 명명했다.

독서는 저자의 'B&G(뻥&구라)'에 내가 끊임없이 개입하며 전혀 관계없어 보이는 사건과 내용을 새롭게 편집하는 아주 특별한 '의미의 구성 과정'이다. 프로이트는 무의식을 밝혀내기 위해 '카우치Couch'라 불리는 기다란 소파를 이용했다. 편안하게 반쯤 누운 내담자에게서 숨겨지고 억압된 의미의 편집 과정을 '내성법Introspection'으로 끄집어냈다. 자연 상태의 인간은 서 있지 않으면 누워 있다. 카우치에 기대어 있는 '어정쩡한 자세'는 매우 문명적이다. 의미

구성의 독서와 아주 잘 어울린다. 이왕 책을 읽으려면 긴 안락의자에서 편안하게 읽어야 폼 난다. 책상에 꼿꼿하게 앉아 정독하려니 독서가 그토록 부담스러운 거다.

책을 꼭 끝까지 읽어야 한다는 강박관념도 버려야 한다. 띄엄띄엄 골라서 읽으라고 목차도 있고, 색인도 있는 거다. 하루에도 수만, 수십만의 책이 쏟아져 나오는데 어느 세월에 처음부터 끝까지 다 읽을 수 있을까? 골라 읽는 '발췌독'이야말로 '의미 구성'이 가능해지는 주체적 독서법이다. 책은 진짜 재미있고, 정말 중요한 것만 끝까지 읽는 거다! 이번 여름휴가에는 어디 가지 말고 계획한 휴가비로 책이나 수십 권 사서 읽자! 이왕 돈 쓰는 김에 내년치 휴가비도 앞당겨 폼 나는 '프로이트식 카우치'도 장만하자! 침을 마음껏 바를 수 있는 책이 그래도 싸다!

여수의 여름 ———————————————— SUMMER

#기억

#나쁜 이야기

'나쁜 이야기'에 끌리게 되어 있다!

불안한 인간들의
나쁜 이야기

습관적으로 '나쁜 이야기'만 소셜 미디어로 보내는 이들이 있다. 그들과 '친구'를 맺으면 아주 고통스럽다. 밤새 '나쁜 이야기'만 쌓여 있기 때문이다. 죄다 남 조롱하고 비아냥대는 이야기뿐이다. 희한하게 '사회정의'로 정당화하며 즐거워한다. '나쁜 이야기'에 서로 '좋아요'를 죽어라 눌러댄다. 각자의 소셜 미디어에 쌓이는 '나쁜 이야기'는 기하급수적으로 늘어난다. 모여 앉아도 남 욕하는 이야기가 대부분이다. 도대체 우리는 왜 이러고 사는 걸까?

타인의 관심을 얻기에 '나쁜 이야기'가 훨씬 유리하기 때문이다. 원시시대를 한번 생각해보자. '저기 바나나가 있다'는 정보와 '저기 호랑이가 나타났다'는 정보 중에 내가 지금 살아남는 것과 관련해 어느 이야기가 더 중요할까? 당연히 '저기 호랑이가 있다'는 '나쁜 이야기'다. 바나나는 내일 먹어도 된다. 그러나 호랑이가 나타났다는 이야기를 무시하면 바로 잡아먹힌다. '나쁜 이야기'가 '좋은 이야기'보다 생존에 훨씬 더 중요했다.

우리가 '나쁜 이야기'에 끌리는 이유는 바로 이 원시적 본능이 여전히 작동하기 때문이다. 그러나 이는 잠시만 한눈팔아도 목숨이 날아가던 원시시대 이야기다. 문명화된 사회란 날것의 위험들을 제어할 수 있는 안전장치가 갖춰진 상태를 뜻한다. 그런데도 사방에 '나쁜 이야기'들뿐이다.

'나쁜 이야기'에 끌릴 수밖에 없는 타인의 반응을 통해 자신의 존재를 확인하려는 불안한 인간이 너무나 많은 까닭이다. 불안한 이들이 불안을 유포해 혼자만 불안하지 않으려는 아주 웃기는 현상이다.

인간이 그림을 그리는 이유는 '유한한 존재'의 운명인 불안으로부터 자유롭기 위해서다. '나름 화가'라고 주장하지만, 캔버스 앞에 앉으면 매번 무엇을 그려야 할지 막막하다. 화풍이 이틀마다 바꿰는 초짜 화가의 심각한 문제다. 그래서 인류 최초의 화가들은 도대체 무엇을 그렸는지 찾아봤다. 죄다 소를 그렸다. 스페인의 알타미라 동굴벽화를 그린 화가나 프랑스 라스코 동굴벽화의 화가도 자신들이 잡아먹은 소의 신령들에게 바치는 그림을 그렸다. 살아 있는 것을 잡아먹고 나니 자신도 잡아먹힐까 두려웠던 것이다. 독일의 문화철학자 벤야민은 이를 가리켜 그림의 '제의 가치祭儀價值·Kultwert'라고 개념화한다. 남에게 보여주기 위한 그림의 '전시 가치展示價値·Ausstellungswert'는 한참 이후에 생겨났다.

소 그림만이 아니다. 추상화도 인간의 원초적 공포와 불안을 극복하려고 그렸다. 문화심리학자 빌헬름 보링거Wilhelm Worringer의 주장이다. 보링거에 따르면 이집트 피라미드에 남겨진 온갖 문양이야말로 추상화의 진정한 기원이다. 예측할 수도, 감당할 수도 없는 자연의 위협 앞에서 인간은 추상적 기호들의 법칙성으로 맞섰던 것이다. 단순한 선과 형태를 규칙적 문양으로 표현하려는 '추상적 충동Abstraktionsdrang'이야말로 '감정이입 충동Einfühlungsdrang'과 더불어 예술을 가능케 한 인간의 근본적 욕구라는 것이 보링거 예술심리학의 핵심이다. 한마디로 불안과 공포야말로 인간 문화와 예술의 기원이 된다는 이야기다.

'나쁜 이야기'는

한밤중에도 벌떡벌떡 일어난다.

무한한 시간과 공간의 공포도 문화의 힘으로 극복되었다. '시간은 반복되는 것'으로 여김으로써 통제 가능한 것으로 만들었다. 올해 망했다면, 내년에 잘하면 되는 것이다. 심지어는 이번 생은 틀렸다며 다음 생을 기대하기도 한다. 인류의 온갖 축제는 이렇게 반복되는 시간을 즐거워하는 일이다. 무한한 공간의 공포도 좌표를 만들어 극복했다. 해 뜨는 '오리엔트orient', 즉 동쪽을 기준으로 하면 무한한 공간이 정리되는 '오리엔테이션orientation'이 일어난다. 정원을 만들고, 사원을 짓고, 탑을 세우는 것과 같은 공간 정리의 '건축한다bilden'는 행위와 문화적 소양을 갖춘다는 '교양Bildung'의 독일어 어원은 같다. 교양이 있어야 혼란스럽지 않고, 불안하지 않게 된다는 거다.

불안한 사회일수록 다양한 문화적 경험과 예술적 체험이 탈출구다. 스마트폰의 허접한 음모론이나 들여다보고, 근거 희박한 설명으로 흥분만 하는 각종 평론가의 시사 프로그램 채널이나 만지작거리는 방식으로 존재의 불안은 절대 해소되지 않는다. (참으로 궁금한 것이 '평론가'들의 실체다. 채널을 바꿔도 매번 똑같은 얼굴이다.)

공연히 불안하면 미술관, 박물관을 찾아야 한다. 그곳은 불안을 극복한 인류의 '이야기'로 가득하기 때문이다. '지금 내가 제대로 살고 있는가' 하는 느닷없는 질문으로 조급해진다면 음악회를 찾는 게 좋다. 몸으로 느껴지는 음악은 삶의 시간을 여유롭게 만들어준다.

문화와 예술의 존재 이유에 관한 이토록 어려운 이론을 이렇게 쉽게 설명했는데도 여전히 '허걱!', '세상에나!'로 시작하는 스마트폰 문자에 자꾸 손이 가거나, '집단 불안' 마케팅이 반복되는 TV 리모컨을 집어 든다면 당신은 교양이 없거나…….

이번 생은 틀린 거다!

'기억의 여신' 므네모시네

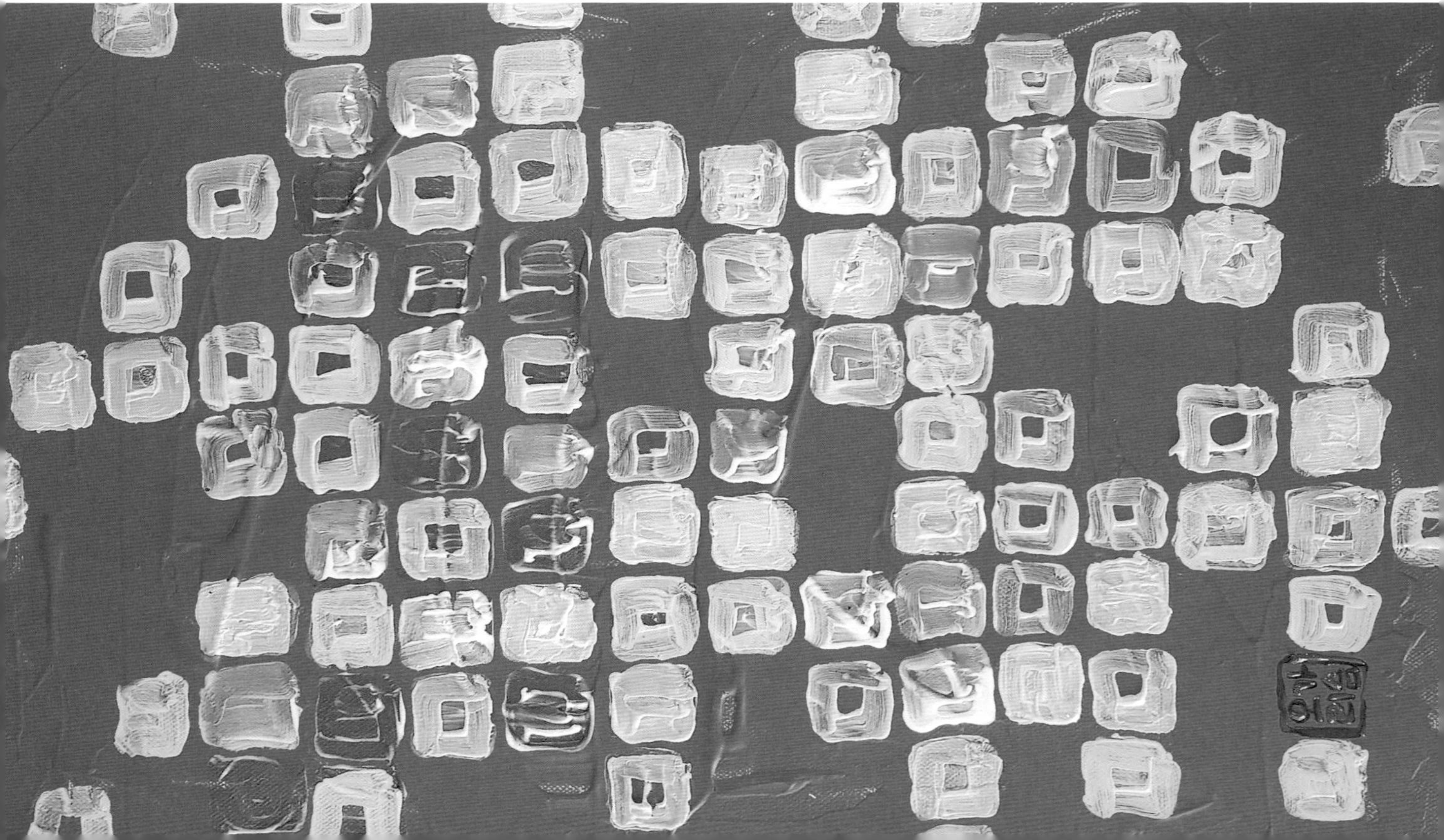

냉소주의와
'기억의 여신' 므네모시네

'골프 드라이버 광고'와 '경제 전문가의 미래 예측'은 공통점이 있
다. 전혀 안 들어맞는다. 매년 새로 나오는 골프 드라이버의 광고는
한결같다. 꼭 10야드씩 멀리 나간다고 한다. 아마추어 골퍼의 드라
이버 거리는 잘 나가야 평균 200야드 안팎이다. 그가 광고를 믿고
지난 십 년 동안 해마다 골프 드라이버를 하나씩 샀다면 그의 드라
이버 거리는 300야드를 넘었어야 마땅하다. 그러나 드라이버의 거
리는 여전히 200야드 안팎이다. 줄지나 않았으면 다행이다.

경제 전문가의 미래 예측도 마찬가지다. 차이라면 골프 드라이버
광고는 항상 좋아진다고 하고, 경제 전문가는 항상 나빠진다고 한

해가　기울수록
그림자는　길어진다.

기억도　그렇다.
그리움도　그렇다.

다는 거다. 새해가 되면 각종 미디어에 경제 전문가들의 올해 경제 전망이 실린다. 죄다 어려울 거라고 한다.

난 살면서 "올 한 해 경기景氣는 아주 좋겠습니다"라고 하는 경제 전문가의 예측을 한 번도 들어본 적이 없다. 우리 경제의 미래는 항상 나쁘고 어렵다. 그들의 예측이 옳았다면 한국 경제는 이미 망했어야 마땅하다. 그러나 과거를 돌이켜보면 우리 경제는 매년 성장했고, 여전히 잘나가고 있다.

골프 드라이버 광고야 돈을 벌기 위해서 그런다고 하지만, 경제 전문가는 왜 그따위 '거지 같은 미래 예측'을 하는 걸까? 욕먹지 않으려는 거다. "나빠질 것이다"라고 이야기했다가 경제가 좋아지면 아무도 그를 비난하지 않는다. 좋아졌으니 남 탓할 이유가 없는 거다. 경제가 실제로 나빠지면 "내 그럴 줄 알았어!"라고 하면 된다. 그러나 세상에서 가장 상대방 좌절시키는 말이 "내 그럴 줄 알았어!"다. 그건 '전지전능한 신神'이나 할 수 있는 이야기다. 그러나 "경제가 좋아질 거다!"라고 예측했다가 나빠지면 그 경제 전문가는 쏟아지는 비난을 견디기 힘들어진다.

경제 전문가만 그런 것이 아니다. 기상 전문가도 "올여름에는 기상

대 관측 이래로 가장 더울 거다"라고 하고, 자칭 사회·정치 전문가
도 "올해는 사회 갈등으로 참으로 힘든 한 해가 될 거다"라고 한다.
문제는 이따위 '비겁한 미래 예측'이 용수철처럼 자가발전한다는
사실이다. 좋아질 수 있는 상황도 무섭게 더 나빠진다. '냉소주의'
는 '비겁한 미래 예측'이 실제로 구현되는 텃밭이다. 보수든 진보
든, 오늘날 한국 사회에 느닷없이 나타나는 기현상이 바로 이 '냉
소주의'다. 죄다 '비겁한 미래 예측'을 퍼 나르며 "내 그럴 줄 알았
어!"라는 '전능한 신 놀음'을 한다. 누구도 책임지지 않는다.

독일의 철학자 페터 슬로터다이크Peter Sloterdijk는 '세계는 합리적으
로 작동한다'던 근대 계몽주의 신념의 몰락이 오늘날 냉소주의의
출발이라고 진단한다. 슬로터다이크는 의사소통이 불가능한 '도
구적 이성instrumentelle Vernunft'에 관한 하버마스의 비판에서 한발 더
나아가, 그 어떤 것도 책임지지 않는 '냉소적 이성zynische Vernunft'을
비판한다. 그에 따르면 '냉소적 이성'은 아주 비겁하고도 위선적이
다. 스스로 추구한다고 주장하는 가치를 근본적으로 신뢰하지도
않고, 주장하는 대로 살지도 않기 때문이다. 그 위선적 가치는 자신
과 관계없는 타인의 비난에만 사용될 뿐이다.

한국 사회에 만연한 미래 예측의 '비겁한 신 놀음'이야말로 '냉소적

이성'의 전형적 형태다. 슬로터다이크는 냉소적 이성을 극복하려면 "살아온 대로 말해야 한다"고 주장한다. 자신이 이제까지 했던 말들을 제대로 기억할 때 이 무책임한 냉소주의가 극복된다는 거다.

슬로터다이크는 '냉소적 이성'이 지배한 대표적 사례로 '인터벨룸interbellum·전쟁과 전쟁 사이' 시대의 '독일 바이마르 공화국'을 들었다. 이 시대를 살았던 독일의 문화학자 아비 바르부르크Aby Warburg는 평생 우울, 망상, 불안, 공포에 시달렸다. 시대와 불화했을 뿐만 아니라 자신의 유대인 정체성도 부정했다. 말년의 바르부르크는 기억의 여신 '므네모시네Mnemosyne'를 통해 그 지긋지긋한 정신 질환에서 겨우 탈출할 수 있었다.

그는 므네모시네로 이름한 자신의 함부르크 사설 도서관에 벽면 가득히 온갖 자료를 붙여놓는 방식으로 자신의 '문화 기억'을 '재편집'했다. 바르부르크는 기억 작업을 하며 "신은 디테일에 있다Der liebe Gott steckt im Detail"는 말을 반복했다고 『서양 미술사』로 유명한 그의 제자 에른스트 곰브리치Ernst Gombrich는 기억한다. 집요하고 자세한 기억만이 '냉소적 이성'과 시대적 우울을 극복할 수 있다는 거다.

지금 우리에게 필요한 것은 "내 그럴 줄 알았어" 하는 '전능한 신 놀음'이 아니다. 그렇게 꼬이도록 내버려두고 뒤늦게 "내 그럴 줄 알았어" 하는 신은 가짜다. '귀신'이다! 진짜 신은 '기억의 디테일'에 있다. 비겁한 미래 예측이 난무할수록 아주 자세하게 과거를 기억해야 한다.

오늘날 한국 사회에는 '숨기기에 능한 냉소주의'와 '말 바꾸기에 능한 냉소주의'가 난무한다. 한쪽은 "은폐한다"고 상대방을 비난하고, 다른 쪽은 "거짓말한다"고 상대방을 비난한다. 해결책은 아주 디테일한 기억뿐이다. 은폐했던 과거, 수시로 거짓말했던 과거를 아주 자세하게 기억해야 한다. 그래야 제대로 된 미래가 열린다.

하나 더 있다. "우리가 어떻게 여기까지 올 수 있었는가"에 대한 기억도 아주 디테일하게 공유해야 한다. 핵폭탄의 위협이 난무하는 이 어처구니없는 분단의 상황에서 온 인류의 겨울 축제 '평창 올림픽'이 어떻게 가능했는가에 대한 기억도 공유해야 한다. 더 이상 굶주리지 않고, 세계가 부러워하는 이 '한류韓流'의 풍요로움이 도대체 어떻게 가능했는가에 대한 아주 자세한 기억도 공유해야 한다.

'공유하는 기억'이 있어야 한다. 그래야 앞으로도 계속 함께 살아갈 수 있는 거다!

#감정 혁명

#리스펙트

감정혁명시대의 모나리자

너만 아프냐?
나도 아프다!

'공황장애'를 앓고 있다고 사방에서 연예인들이 고백한다. 공황장애가 정식(?)으로 정신병리학 용어가 된 것은 1994년에 나온 미국정신의학회의 DSM-IV부터다. DSM은 'Diagnostic and Statistical Manual of Mental Disorders', 즉 '정신 질환 진단 및 통계 매뉴얼'의 약자다. 미국의 정신과 의사와 보험회사, 그리고 제약 회사들이 환자 치료비의 지불 주체를 명확히 하고자 1952년에 처음 만들었다. 내용도 자주 개정한다. '공황장애'가 원래 있었던 것이 아니고 언젠가부터 '사회적으로 구성된' 정신 질환이라는 이야기다(이 이야기는 몹시 길고 논쟁적이기에 그냥 건너뛴다).

느닷없이 유행하기 시작한 '나도 괴롭다'는 연예인들의 '고통 내러티브'의 한국적 생성 맥락은 도대체 어떤 걸까? 인터넷이 나오기 이전, 인기 연예인은 '스타'였다. 말 그대로 손이 결코 닿을 수 없는 곳의 '별'이었다. 그러나 인터넷은 그 '별'들을 하늘에서 끌어내려 '가상공간'에 잡아넣었다. 이제 대중은 갇혀 있는 스타들을 마음대로 가지고 놀 수 있는 '권력'을 갖게 되었다. 그중에서도 자신이 만든 스타의 추락을 지켜보는 것은 가장 스펙터클한 '놀이'가 되었다. 스스로 추락하지 않으면 추락시킨다.

누구도 알아보지 못하던 단역 연기자가 어느 날 갑자기 스타가 된다. 눈물로 고백하는 '깜짝 스타'의 과거 이야기에 대중은 자신들의 선택이 옳았음을 확인하며 함께 기뻐한다. 그들의 힘들었던 무명 시절과 자신의 현재 상황을 비교하며 위로까지 받는다. 그러나 '좋은 관계'는 여기까지다. 모든 사람의 사랑을 한 몸에 받는 바로 그 순간부터 '자빠뜨리기'는 시작된다. '음주 운전', '갑질'과 같은 허튼 모습이라도 보이면 바로 끝이다. 출연이 예정된 영화나 드라마에 출연 금지를 요구하는 '청원 운동'이 벌어진다. 그 연예인이 광고하는 물건의 불매운동도 벌어진다.

오늘날 스타가 되려면 팬들의 폭력적 '가학 놀이'의 희생양이 될 각오를 해야 한다. 연예인들의 느닷없는 '고통 내러티브'는 바로 이런 대중의 '감정 폭력'에 대한 '항복 선언'이다. '나도 정말 힘들게 먹고살고 있으니 제발 괴롭히지 말아달라'는 호소다. 해당 연예인들의 '공황장애'가 '꾀병'이라는 이야기가 아니다. 왜 느닷없이 '공황장애'를 내놓고 고백하는가에 대한 설명이다. 얼마 전까지만 해도 '정신장애'는 모두가 숨기려고 했던 치명적 약점이었다.

인터넷 공간에서 권력을 확인한 대중은 또 다른 희생양을 찾아 몰려다닌다. 대상은 이제 연예인에서 정치인으로 그 범위가 넓어졌다. 소셜 미디어로 스타가 된 정치인들이 '공황장애'를 고백할 날도 그리 머지않았다. 일반인들도 화제가 되는 순간 바로 '털린다'. 포털 사이트의 검색 순위는 그들에겐 잘 차려진 식탁이다. 물론 '감정 폭력'만 있는 것은 아니다. 감동도 넘쳐난다. 눈물 흐르는 미담도 수시로 올라온다. 그러나 '과잉 감동'이다. 바로 피곤해진다. 사람들은 더욱 강력한 정서적 자극을 찾아 우르르 몰려다닌다. 온라인, 오프라인을 가리지 않는 감정의 '스펙터클 사회Spectacle society'다.

심리학적 관점에서 보자면 문화는 감정 규칙이다. 타 문화권에서 겪는 '컬처 쇼크'는 대부분 바로 이 감정 규칙의 충돌이다. 문화를

바닷가 조개잡이의 삶에 〈스펙터클〉은 없다.

무수히 많은, 아주 작은 구멍들을

하나하나 뒤집고 다녀야 한다.

감정과 연결해 처음 설명한 이는 독일의 문화학자 노르베르트 엘리아스Norbert Elias다. 엘리아스는 '문명화 과정Zivilisationsprozeß'이란 '감정의 온순화 과정'이라고 주장한다.

중세 사회는 폭력이 당연했다. 땅을 지키기 위한 폭력, 분노의 표출은 중세 사회 유지의 매개체였다. 그러나 중앙집권적 절대 권력이 나오면서부터 원초적 감정 표출은 더 이상 사회적 가치와 의미를 갖지 못하게 되었다. 감정 표현은 각종 의식과 예절을 통해 통제되었다. 서구 궁정 사회를 특징짓는 귀족들의 세련된 몸가짐, 가식적 제스처는 이렇게 탄생한 것이다.

프랑스혁명 이후, 절대왕정이 끝나고 시민사회가 급성장했다. 자본주의와 시민사회가 결합하면서부터 외부로부터 강요되던 감정 규칙은 각 개인의 책임 영역으로 옮아왔다. 근대적 개인은 '타자 강제'가 아니라 '자기 강제'에 따라 자신의 감정을 다스려야 했다. 자신의 감정을 그대로 드러내는 행위는 미숙하고 유아적인 것으로 여겨졌다. 이런 '감정의 온순화 과정'을 엘리아스는 '심리화 Psychologisierung' 과정으로도 표현한다. 문명화 과정이란 감정 규칙의 생성과 내면화 과정으로 설명해야 한다는 뜻이다.

모두들 '인공지능', '디지털 혁명'을 이야기한다. 앞으로 인간 삶에 엄청난 변화가 일어날 거라고 겁을 준다. 그런데 이상하게도 '감정'의 문화적 변동에 관한 이야기는 쏙 빠져 있다. 감정에 대해 도무지 아는 바도 없고 관심도 없다. 거참, 감정이야말로 삶의 본질인데…….

그래서 한국 사회에서 일어나는 이 날것의 '감정 폭력'이 흥미로운 것이다. 전혀 낯선 형태의 '감정 혁명'이 예고되어 있기 때문이다. 지금과 같은 소셜 미디어의 규칙 없는 감정 과잉과 감정 폭력이 지속되면 어떤 형태로든 '감정의 문명화 과정'이 일어날 수밖에 없다. 감정의 근대적 자기 강제가 프랑스혁명에서 시작되었다면, 가상공간과 현실 공간이 융합되는 21세기의 '감정 혁명'은 한국에서 가장 먼저 일어나게 되어 있다.

지금 우리는 이렇게 '대단한 나라'에 살고 있다.

어머 오빠!

'어머 오빠!',
그리고 '좋아요!'

몇 년 전부터 내겐 심리적 '기피 인물'이 생겼다. 신문 전면에 그의 사진이 등장하면 아예 그날 신문은 건너뛴다. 그의 모습이 TV 뉴스에 나오면 바로 채널을 돌린다. 중국의 시진핑 주석이다. '사드'로 인한 중국의 치사한 경제 보복 때문이 아니다. 훨씬 이전부터 그랬다. 최근 어느 기업 사장을 만나 이야기하면서 시진핑이 계속 떠올랐다. 그 나름대로 알짜 기업을 몇 대째 이어간다는 그의 표정은 시진핑과 몹시 닮아 있었다.

'리스펙트respect'의 부재였다. 대화하고 있는 상대방에 대한 어떤 '존중'의 단서도 발견되지 않는 그 사장의 표정에 나는 몹시 기분

우리 모두
서로의 '리스펙트'를 원한다.
마주 보지도 않으면서 그런다.

상했던 것이다. 내 주위에는 자신의 '존귀와 위엄'을 지키느라 그 어떤 정서적 단서도 제시하지 않는 '시진핑식 표정'이 무척 많다는 것을 깨닫게 된다. 가진 재산이 삶의 전부인 줄 아는 그 사장만이 아니다. 멀쩡한 이들도 권력만 쥐면 신기하게 표정이 바뀐다. 방송이나 학술 토론장에서 어쩌다 부딪치는 '나름 지식인'들도 죄다 '시진핑식 표정'이다(그래서 나는 오전에 사장, 교수, 고위 공무원은 절대 안 만난다. 떨떠름한 그들의 표정 때문에 내 하루가 완전 망가진다). 자신의 권력과 지위를 이따위 표정으로 구현하는 이 사태를 도대체 어떻게 해석해야 할까?

내 오래된 독일 생활에서 참 많이 들었던 단어가 '리스펙트Respekt' 다. 이에 상응하는 한국어는 '존경', '존중'쯤이 된다. 그러나 '존경', '존중'은 어딘가에 '상하 관계'가 숨겨져 있다. '리스펙트'의 화용론話用論은 사뭇 다르다. '수평적 상호작용'의 구체적 전제 조건이 되는 '인정Anerkennung'의 맥락에서 쓰이는 단어다. '나는 당신을 참으로 중요하게 생각합니다' 혹은 '나는 당신 의견을 듣고 내 생각을 바꿀 준비가 되어 있습니다'와 같은 열린 상호작용의 규칙이 바로 '리스펙트'다. 서구 사회의 일상에서 강조되는 '매너' 혹은 '교양'이란 바로 이 리스펙트의 활용 규칙이다. 내가 유학 시절에 숱하게 독일인들과 부딪쳤던 이유는 그 '리스펙트'의 규칙을 자기

들끼리만 적용할 뿐, 키 작고 얼굴 노란 동양인에게는 전혀 적용하지 않았기 때문이다.

문화심리학적 관점에서 본다면 서구의 근대화는 이 '리스펙트'를 제도와 관습으로 구체화하는 과정이었다. 이를 독일의 철학자 게오르크 헤겔Georg Hegel은 '인정 투쟁Kampf um Anerkennung'으로 설명한다. 사실 '인정 투쟁' 개념은 청년기의 헤겔 철학에서만 잠시 서술된 개념이다. '인정 투쟁'을 현대 정치철학적·문화심리학적 담론의 영역으로 새롭게 끌어올린 이는 프랑크푸르트 대학의 악셀 호네트Axel Honneth 교수다. 니콜로 마키아벨리Niccolò Machiavelli나 토머스 홉스Thomas Hobbes의 이론이 전제하는 '원자적 개인'은 생존 투쟁을 본질로 한다. 그러나 헤겔은 인간을 '상호작용'에 근거한 '공동체적 존재'로 이해한다. 인간은 '상호 인정'이라는 상호 주관적 틀에서만 '주체'로서 존재할 수 있다는 주장이다. 근대 시민사회의 법과 규칙들은 바로 이 같은 상호 인정의 토대로 마련되었고, 각 개인의 '생존 투쟁'은 상호 간의 '인정 투쟁'으로 바뀌었다는 것이다.

분석의 단위가 '개인'에서 '관계'로 바뀌면서 헤겔의 '인정 투쟁'은 심리학적 개념이 된다. 상호 인정과 자기 존중의 심리학적 구조는 본질상 같기 때문이다. '자기 존중'이란 '주격 나I'와 '목적격 나Me'

의 상호 인정이다. 그래서 무시당하는 것처럼 세상에 기분 나쁜 일은 없다. 내 존재 자체를 통째로 부정당하는 일이기 때문이다. 어찌 분노하지 않을까? 어찌 저항하지 않을까?

세계사의 전례가 없는 압축 성장을 통해 한국은 세계 10위권의 경제적 부를 얻었다. 그러나 상호 인정의 규칙을 제도화하고 실천하는 일은 건너뛰었다. 당시에는 그리 중요하지 않았다. 먹고사는 일이 먼저였다. 그러나 최근 몇 년 동안 일어난 한국 사회의 엄청난 사건들은 그렇게 생략하고 건너뛰어도 될 줄 알았던 '상호 인정'이라는 근대 시민사회의 근본 원칙을 다시 회복해야 한다는 긴급한 요청이었다. 그래서 '갑질', '무시', '모멸감'에 관한 사회심리학적 담론과 '산업화 세대'의 급격한 정치적 몰락은 같은 맥락으로 봐야 하는 것이다. '이데올로기 문제'가 아니라 '윤리 문제'였다는 거다.

서구 사회는 이 '리스펙트'의 규칙을 다양한 방식으로 구체화했다. 대인 관계의 기술로는 '감탄사' 남용이다. 그들의 대화를 잘 들여다보면 감탄사가 끊임없다. 'wonderful!', 'awesome!', 'really?' 같은 단어와 감탄의 표정이 끊임없이 반복된다. '나는 당신을 리스펙트한다'는 상호 인정 규칙의 실천인 것이다. 그저 습관인 줄 알면서도 인정받는 느낌에 기분 좋아진다.

한국 사회에서 매너와 교양으로 미처 자리 잡지 못한 리스펙트의 규칙은 오늘날 아주 희한한 방식으로 작용한다. '어머 오빠!'라는 싸구려 감탄사에 사내들은 밤마다 지하에서 지갑을 열며 어처구니없는 '인정 투쟁'을 하게 된 것이다.

뭐, 그렇다고 철없는 사내들만 욕할 일은 아니다. 소셜 미디어의 '좋아요'나 '엄지 척' 또한 술집 여인들의 '어머 오빠!'와 그 본질상 크게 다르지 않다. 소셜 미디어는 '상호 인정' 규칙을 왜곡하고 파괴한다. 오죽하면 페이스북을 창립부터 이끌었던 2인자가 최근 퇴사한 후, 페이스북의 '좋아요'가 술, 도박, 마약과 같은 '도파민에 의한 단기 피드백의 올가미short-term dopamine-driven feedback loop'라고 비판하며 자신들이야말로 인간 사회가 작동하는 '근본 규칙'을 망가뜨린 장본인이라고 반성했을까.

진짜 우리 서로 '무시'하지 말자!

9th

#민족

#멜랑콜리

지난 시대의
멜랑콜리

돈 많다고 자랑하면 안 된다. 죽어라 노력해서 돈 많이 벌었다고 자랑하면 더욱 안 된다. 단언컨대, 돈 많이 버는 것은 순전히 운이다. 타고나는 것도 자랑하면 안 된다. 외모 같은 거다. 그래서 나는 어디 가서 내 외모 자랑 절대 안 한다. 빤한 것을 자랑해서 남들 불쾌하게 만들 이유는 없다. 그러나 노력하는 것은 자랑해도 된다. 외국어를 공부하는 것은 자꾸 자랑해야 한다. 그래야 더 열심히 하기 때문이다. 외국어 능력은 100세 시대의 중요한 덕목이다.

외국 다큐멘터리를 많이 보면 참 좋다. 어학도 늘고 세상을 보는 안목도 확 달라진다. 지난주에는 독일 공영방송인 체데에프ZDF에서 하는 북한 관련 다큐멘터리를 봤다. 최근 북한을 다녀온 사람들이 직접 찍은 영상을 모아 보여주고, 그들의 느낌을 이야기하는 내용이다. 평양의 그로테스크한 풍경은 예상했던 대로였다. 그러나 독일 내레이터의 마지막 코멘트는 충격이었다. 남과 북 모두 '같은 민족'이라며 통일하겠다고 하는데, 도무지 이해할 수 없다고 했다. 저토록 다른데, 도대체 무슨 근거로 '같은 민족'이냐는 거다. 아차 싶었다.

'민족'은 원래 없었다. 단어 자체가 아예 없었다. '민족'은 메이지 시대에 이와쿠라 사절단 일원으로 구미 각국을 여행한 구메 구니타케久米邦武가 1878년 펴낸 『미구회람실기米歐回覽實記』에 처음 나타난 표현이다. 그 후 독일제국의 국가론이 일본에 소개되면서 '민족'은 '국가Nation'와 '종족Volk'이 결합한 뜻으로 본격 사용되기 시작한다. '국민', '민족', '종족'의 의미론은 이때부터 마구 헷갈리기 시작한 것이다.

부르주아혁명을 거치면서 근대적 형태의 '국가state'가 성립된다. 왕의 '신민臣民'은 '국민nation'이라는 새로운 명칭을 얻는다. 이전의 국가 형태에서는 왕조나 종교, 혹은 농업 공동체를 중심으로 구성원들이 자연스럽게 연결되었다. 그러나 근대국가에서 '국민'이라는 새로운 공동체를 하나로 묶어줄 연결 고리는 없었다. 이때 '가족'과 '국가'의 심리적 연합이 생겨난다. '가족처럼 국민은 서로 사랑해야 한다'는 근대국가의 '가족 로망스'다. 그렇지 않고야 프랑스혁명의 이념('자유, 평등, 형제애')에 뜬금없는 '형제애'가 들어가는 이유를 어떻게 설명할 수 있겠느냐고 역사학자 린 헌트Lynn Hunt는 되묻는다. 또 다른 역사학자 베네딕트 앤더슨Benedict Anderson은 '국민'은 아예 구체적 실체가 없는 '상상의 공동체imagined community'에 불과하다고 주장한다.

'가족 메타포'는 아주 기막혔다. 특히 일본에서 고안된 '민족' 개념과 무척 잘 어울렸다. '민족'에 내재한 '가족 메타포'는 동양에선 아주 쉽게 이해되고 실천되었다. 분단의 한반도에서 '민족＝가족' 이데올로기의 파워는 더욱 강력해졌다. 서구가 수백 년 걸린 근대화 과정을 수십 년 만에 해치울 수 있었던 그 엄청난 저력도 '흩어진 가족'과 같은 민족의 '한恨'이었다. 어떻게든 돈 많이 벌어 흩어진 가족이 다시 모여야 했다. 그래서 '반만년의 유구한 역사'를 가진 한민족의 분단은 항상 '이산가족'의 슬픔으로 설명되었다. 그러나 이쯤에서 우리 스스로 한번 확인해봐야 한다.

정말 우리가 분단을 이산가족의 슬픔처럼 느끼고 있느냐는 거다.

결혼도 하지 않으려 하고
아이도 낳지 않으려 한다.

우리 사회의 미래에는
이렇게 간절한 '기다림'도
낯선 것이 될 것 같다.

통일이 되면 북한 사람들을 내 가족처럼 느낄 수 있느냐는 질문이기도 하다. 독일 통일 현장을 경험한 나로서는 지극히 비관적이다. 심리적 통일까지 이루려면 분단만큼의 시간이 흘러야 한다. 과연 우리는 북한 사람들을 위해 칠팔십 년 넘는 세월을 인내할 수 있을까?

더 구체적으로, 김정은이 나타나면 감격해서 발을 동동 구르며 박수 치고 눈물까지 흘리는 저 북한 사람들을 위해 우리 각자는 그 엄청난 '통일세'를 수십 년 동안 기꺼이 낼 수 있을까? 통일 후, 북한 사람들이 남한 사람들의 오만함에 분노하여 '김정은 시절이 더 좋았다'며 '조선노동당'을 다시 창당하면 도대체 무슨 느낌이 들까? 그 '조선노동당'이 북한 지역에서 몰표를 얻어 대한민국 국회의 한 구석을 당당히 차지하는 모습을 '가족처럼' 편안하게 지켜볼 수 있을까? (이는 독일에서 실제로 일어났던 일이다.)

지난 시대의 '민족＝가족' 이데올로기는 이제 좀 거리를 둘 필요가 있다는 이야기다. 더 이상 존재하지 않는, 그러나 찬란했던 시절의 부서진 유물을 볼 때 생기는 절망적 심리 상태를 벤야민은 '멜랑콜리Melancholie'라고 했다. 아울러 구시대의 유물로부터 새로운 극복의 가능성을 찾는 창조적 통찰을 '숭고한 멜랑콜리erhabene

Melancholie'라고 불렀다.

바닷가 화실에서 혼자 지내며 뉴스로 접한 북핵 사태는 참으로 고
통스러웠다. 과거 독일에서 십삼 년, 일본에서 사 년을 사는 동안
나는 아주 심각한 '국수주의자'가 되었기 때문이다. 그러나 이제
남북한 '단일민족'의 이념과 '통일'이라는 '무의식적 전제'들을 '숭
고한 멜랑콜리'로 바라볼 때가 되었다. '민족'이라는 '당연한 전제'
를 해체하면 북핵 문제를 둘러싼 한반도 정세는 아주 달라진다. 우
리가 취할 수 있는 행동의 옵션도 확연히 넓어진다.

'민족'은 '가족'이 아니다. '우울'이다.

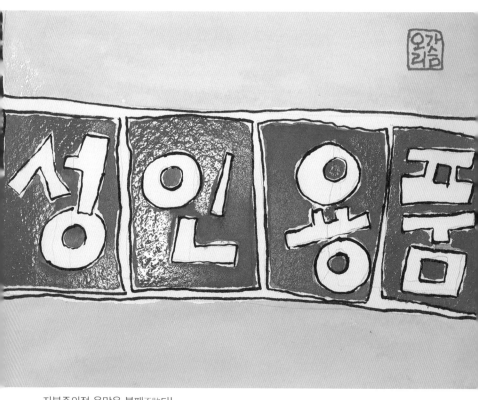

자본주의적 욕망은 불패不敗다!

자동차, 섹스숍,
그리고 통일

1. 한때 베를린의 밤은 한국 유학생들이 지켰다

독일 통일 몇 해 전부터 베를린의 한 경비 용역 회사는 한국 유학생들을 고용하기 시작했다. 한국 유학생들은 참으로 듬직했다. 대부분 삼 년 가까운 군대 생활을 경험한 까닭이다. 유학생들의 입장에서도 야간 경비원은 훌륭한 아르바이트였다. 읽어야 할 책을 잔뜩 싸 들고 경비실에 앉아 밤새워 공부하다 오면 돈을 받았기 때문이다. 나 또한 수년 동안 그 회사 소속이었다.

1989년, 소련의 미하일 고르바초프Mikhail Gorbachyov가 개혁·개방을 단행하면서 동구권 나라들은 서방 세계와의 국경을 열기 시작했다. 그해 여름, 동독 주민들은 느슨해진 이웃 나라 국경을 통해 서독으로 탈출했다. 서독 정부는 서둘러 난민 수용소를 곳곳에 설치했다. 서베를린 슈판다우 지역 공터에도 대규모 난민 수용소가 설치되었다. 1989년 11월 9일 늦은 밤이었다. 갑자기 내가 지키던 수용소 앞으로 사람들이 몰려들었다. 동독 사람들이었다. 그들은 수용소 문을 열라고 나를 협박했다. 내가 버티자, 무리 가운데 한 사람이 갑자기 권총을 꺼내 나를 겨눴다. 나는 열쇠 꾸러미를 그에게 던져주고 바로 도망쳤다. 비겁하다는 생각도 들었지만 독일에서 야간에 경비하다가 총 맞아 죽을 일은 결코 아니었다.

2. 너무 늦게 오면 벌 받는다!

1989년 10월 7일, 동독 건국 40주년 기념행사가 동베를린에서 열렸다. 동베를린을 방문한 소련의 고르바초프는 에리히 호네커Erich Honecker에게 "너무 늦게 오면 벌 받는다Wer zu spät kommt, den bestraft das Leben"고 경고했다. 그러나 호네커는 아랑곳하지 않았다. 오전부터 동베를린 중심가에서는 대규모 군사 퍼레이드가 열렸다. 무지하게 큰 키의 동독 병사들이 무릎을 쭉쭉 뻗으며 행진했다. 호네커의 군대는 결코 흔들리지 않을 것 같았다. 도시 곳곳에서 반정부 시위가 열렸다. 그들은 고르바초프의 이름을 부르며 "우리는 인민이다 Wir sind das Volk"를 외쳤다. 동독 사회주의의 주인은 호네커가 아니라 '인민'이라는 거다.

그때 그 폼 나던 동독 병사들은 통일 이후, 한국인 유학생들의 경비원 아르바이트를 죄다 빼앗았다. 그들은 한국 유학생들보다 훨씬 더 훌륭한 경비원이 되었다.

3. '즉시' '바로'

1989년 11월 9일 저녁, 동독 공산당 대변인 귄터 샤보브스키Günter Schabowski는 여행 자유화에 관한 특별 담화문을 발표했다. 별 내용은 없었다. 곧 여행 자유화를 하겠다는 발표문을 읽어나가던 그에게 한 기자가 물었다. "도대체 언제부터?" 당황한 샤보브스키는 발표문을 들척이다가 아무 생각 없이 대답했다. "즉시sofort!" "바로unverzüglich!" 기자는 급하게 신문사에 "베를린장벽이 무너졌다!"고 전했다. 뉴스를 접한 동독 주민들은 바로 베를린장벽으로 몰려나왔다. 국경 수비대는 어쩔 줄 몰랐다.

그날 밤, 동독 주민 수만 명이 서베를린으로 몰려 나갔다. 그들 중 일부가 먼저 탈출한 가족을 만나러 내가 지키던 난민 수용소로 왔던 것이다. 그들은 밤새도록 "우리는 한 민족이다Wir sind ein Volk!"를 외쳤다. "우리는 인민이다Wir sind das Volk!"와는 관사冠詞 하나만 다를 뿐이다. 그러나 뜻은 전혀 다르다. (이 '황당한 독일 통일'에 관해 나는 귀국 후 사방에 알렸다. 다들 웃어넘길 뿐이었다. 십 년 전, 미국의 한 신문이 이에 관해 자세하게 보도했다. 이후 한국의 신문 방송에서도 비로소 진지하게

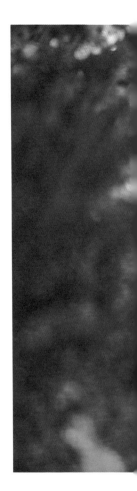

섬에서는

'개'도 아닌 것이,

'고라니'도 아닌 것이,

도로를 달린다.

'염소'다.

이 내용을 다루기 시작했다. 젠장! 매번 이런 식이다.)

4. 섹스숍과 자동차

베를린장벽이 무너진 후, 서독 정부는 모든 동독 사람에게 '환영금 Begrüßungsgeld'을 100마르크(약 5만 원)씩 지급했다. 그들은 서독의 백화점으로 몰려갔다. 그러나 100마르크로 살 수 있는 물건은 없었다. 많은 사람이 섹스숍에서 그 돈을 탕진했다. 남녀 간의 가장 은밀한 행위까지도 상품화하는 자본주의의 위력 앞에 벌린 입을 다물지 못했다. 통일 과정에서 동·서독의 화폐 통합도 신속하게 이뤄졌다. 거의 일대일 통합이었다.

뜻밖의 목돈이 생긴 동독 사람들은 자동차를 가장 먼저 바꿨다. 그들은 1957년 이후로 한 번도 모델이 바뀐 적 없는 '트라비'라는 자동차를 타고 있었다. 2기통에 아무리 밟아도 겨우 시속 100킬로미터였다. 매연도 엄청났다. 서독의 자동차들은 엄청난 속도로 달리며 동독의 냄새나는 '트라비'를 비웃었다. 모멸감에 젖어 있던 동독 주민들이 자동차부터 바꾼 것은 당연했다. '사회주의적 계몽'은 '자본주의적 욕망'을 결코 이길 수 없었다.

5. 통일은 심리학이다

독일 유학 초기, 난 독일이 통일될 것 같으냐고 독일인들에게 수시로 물어봤다. 정신 나간 네오나치들을 제외하고는 아무도 통일이 될 거라고 답하지 않았다. 수십 년 걸릴 거라고도 했고, 아예 독일의 과거 때문에 통일을 원치 않는다고도 했다. 그러나 자본주의적 욕망 체계에 한번 노출된 동독 주민들은 결코 합리적으로 사고하지 않았다. 인내심도 없었다. 가장 모범적인 사회주의 국가였던 '동독의 인민'이 '독일 민족'으로 바뀌는 데는 한 달이 채 안 걸렸다.

현재 한반도 비핵화와 관련하여 문재인 정부의 노력 이외에 다른 대안은 없다고 나는 생각한다. 정말 잘 풀려나가길 조마조마한 마음으로 기도하고 있다. 그러나 비핵화와 통일은 전혀 다른 차원이다. 남북한의 경제협력이 전향적으로 발전하고 북한 주민들에게 남한에 관한 모든 정보가 개방되었을 때, 김정은 체제가 버틸 수 있겠느냐는 거다. 북한의 '인민'이 과연 기다려줄 거냐는 이야기다. 현재의 남북한 교류에 관한 논의에서 가장 중요한 변인變因인 북한의 '인민'은 쏙 빠져 있다. 아, 이건 치명적이다.

별 고민 없이 거론되는 베트남식, 중국식 개혁 개방은 결코 대안이 아니다. '동네 형'이 잘사는 것과 '우리 형'이 잘사는 것은 질적으로 전혀 다르기 때문이다. 매번 추석이면 겪지 않는가?

통일은 정치·경제적 문제가 아니다. 통일은 심리학이다.

여수의 가을

AUTUMN

#아저씨

#자기만의 방

행복은 손으로 온다!

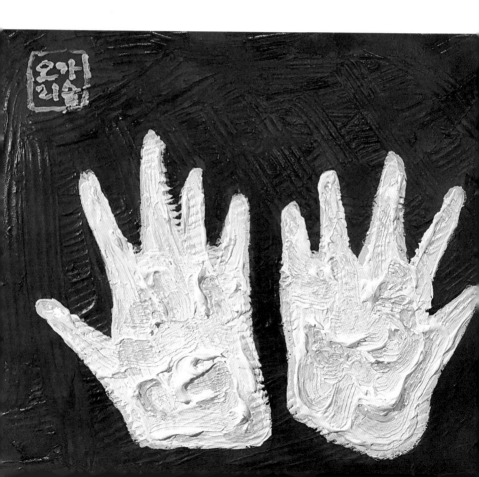

아저씨는 자꾸
'소리'를 낸다!

친구들이 여수 내 화실을 찾아왔다. 참 오랜만에 만난다. 잘나갈 때
는 다들 기사가 모는 '법인 차량'을 타고 와 폼 잡았다. 이번에는 친
구 다섯 명이 차 한 대에 몰려 타고 우르르 내려왔다. 올해 다들 '짤
렸다'. 남자가 망가지는 건 정말 한순간이다.

제일 이상해진 건 범재다. 자꾸 '소리'를 낸다. '어허~', '아~', '카
아~'와 같은, 상황과는 전혀 어울리지 않는 감탄사를 자꾸 뱉는다.
다들 쳐다본다. 진짜 창피하다! 음식점 늙수그레 아줌마들에게는
'여수에 오니 미녀가 많다'는 둥 뜨악한 농담을 꼭 한마디씩 한다.
정말 미치겠다! 화장실에서는 지퍼를 내리며 '커억~' 하고 목 깊

은 곳에서 가래를 뽑아내 침을 뱉고는 소변을 본다. 아주 드~럽다!

화장실이나 목욕탕은 가장 사적인 공간이다. 이런 곳에서 침을 뱉거나, 깊은 신음 소리를 내는 이들은 언제나 아저씨들이다. 에드워드 홀Edward Hall의 '공간학proxemics'에 따르면 45센티미터 이내의 거리는 엄마와 아기, 혹은 부부 사이와 같은 가장 친밀한 관계에서만 허용된다. 낯선 이가 이 거리 안으로 침입하면 몹시 불편해진다. 그래서 고급스러운 장소일수록 소변기 사이의 거리가 멀고, 칸막이가 쳐져 있는 거다. 소변기 앞에서 없는 가래를 뽑아내며 소리를 내는 이유는 심리적으로 몹시 불편하다는 뜻이다. 한때 진짜 폼 나는 '싸나이'였던 범재가 시도 때도 없이 소리를 내는 이유도 마찬가지다. 자신의 '권력 공간'이 사라진 것에 대한 불안이다.

범재처럼 드~럽지는 않지만, 재림이는 너무 짜증난다. 계속 중얼거리기 때문이다. 아무도 안 듣는 이야기를 쉬지 않고 중얼거린다. '끊임없이 중얼거리기'는 '기러기 아빠'들의 공통된 특징이다. 기러기 십오 년 차인 재림이는 올해 초 진짜 죽을 뻔했다. 큰 회사 부사장에서 해고된 지 며칠 안 되어 뇌출혈로 쓰러진 거다. 이제 겨우 회복했다. 후각을 잃은 것 이외에는 큰 부작용도 없다. 참 다행이다.

성격이 스마트하고 인물도 좋지만, 재림이의 현재 상황이 제일 심각하다. 아이들 교육은 끝난 지 오래되었는데, 아내는 도무지 한국에 들어올 생각이 없다. 지금 사는 곳은 열 평도 채 안 되는 원룸이다. 미국으로 들어가서 아내에게 네일숍을 열어주고 카운터나 봐야겠다고 재림이가 중얼대자, 이제까지 아무 반응 없던 친구들이 갑자기 흥분했다. 지금부터 최소한 삼십 년은 더 살 텐데, 아무 연고도 없는 미국에서 '그 무심한 마누라' 하나 믿고 살 수 있느냐는 거다. 바로 쫓겨날 테니 그 인연은 이제 포기하라고도 했다. 그러나 '지금부터 최소한 삼십 년은 더 살 텐데'라는 말이 반복되자 다들 조용해졌다. 이건 재림이만의 문제가 아니기 때문이다.

은퇴하면 바로 죽었던 시절이 있었다. 그래서 아무 생각 없이 은퇴했다. 지금 우리 사회의 모든 기준이 바로 그 시절의 가치에 맞춰져 있다. 삼십여 년을 더 살아야 하는데 우리 모두가 지금 아무 생각 없다. 바로 앞선 세대의 '노욕老慾'을 보면서, 도대체 왜 저럴까 싶었던 것이 '짤리고 보니' 다 이해된다고도 했다. 특히 정치·경제권에서 '저렇게까지 하고 싶을까' 했던 선배들에게 주어진 그 '기회'가 부럽다고도 했다. 이렇게 오래 살 줄 아무도 몰랐기 때문이다.

오늘날 한국 사회의 첨예한 갈등 배후에는 죄다 '느닷없는 생명 연

손으로 무엇인가를
직접 만들어내는
사람의 인격이
가장 성숙하다.

'결과' 가 언제나
명확하기 때문이다.

장'이 숨겨져 있다. 단순한 이념적 갈등이 아니라는 이야기다. 평균 수명 50세도 채 안 되던 지난 세기의 낡은 사회 설명 모델로 한국 사회를 설명할 수는 없다(이건 정말 중요한 포인트다!). 인류가 한 번도 겪어본 적 없는 이 엄청난 '혁명의 시대'를 살아가기 위해서는 '새로운 시작'에 대한 용기가 필요하다. 어떻게 살아야 하는가에 대한 '롤 모델'도 전혀 없다. 각자 '용감하게' 찾아야 한다. '손'으로 하는 일을 새롭게 시작하는 것도 나쁘지 않다.

프로이트의 '콤플렉스'와 더불어 현대인의 삶을 가장 잘 설명하는 개념이 있다면 마르크스의 '소외Entfremdung'다. 자신이 만든 생산물과는 아무 관계 없이, 그저 노동의 대가로 받는 임금으로 살아야 하는 자본주의 시스템은 어떤 방식으로든 인간 심리에 영향을 미치게 되어 있다. 노동의 결과가 전혀 확인되지 않는 삶을 마르크스는 '소외된 삶'이라 했다. 정신이 자연에 변화를 가져와 자아실현이 가능해진다는 헤겔의 낭만적 '외화Entäußerung' 개념을 자본주의라는 역사적 맥락에 맞춰 비판한 것이다. 마르크스의 개념들은 대부분 공허한 것이 되어버렸지만, 심리학적으로 그의 '소외론'은 여전히 통찰력 있고 의미 있다.

사무직에서 일했던 사람일수록 손으로 직접 하는 일을 배우는 것이 좋다. 두 번째 인생에는 노동의 결과를 눈으로 직접 판단하고, 손으로 만질 수 있는 구체적인 일을 해야 심리적으로 소외감을 느끼지 않는다는 이야기다. 교수, 기자, 선생과 같이 말과 글로 먹고 산 사람일수록 손으로 직접 하는 일을 해야 한다. 그래야 말년의 성품이 무난해지며 '꼰대'를 면할 수 있다. 아니면 컴컴한 방에서 혼자 인터넷에 악플이나 달며 삼십여 년을 더 살아야 한다. 달리 할 일이 있는가? 그래서 아직 체력 좋은 범재에게는 '용접 일'이 만장일치로 추천되었다. (진지하게 나눈 이야기다. 우리 모두 대학 사 년 그렇게 대충 다니고 삼십 년 가까이 잘 먹고 잘살았으면 감사해야 한다. 앞으로 삼십여 년을 더 살려면 뭔가를 처음부터 새롭게 배우는 게 당연하다.)

하나 더. 연구의 '객관적 평가'가 불가능한 인문사회 분야의 교수는 딱 두 종류다. '이상한 교수'와 '아주 이상한 교수'. 끝까지 우겨야 하기 때문이다. 이런 교수가 은퇴 후를 걱정하며 정치권이나 기웃거리면 진짜 이상해진다!

마음의 문은 밀어 여는 거다!

인생을 바꾸려면
공간부터 바꿔야 한다

여수에 살면 뭐가 좋으냐고 묻는다. 파랗다! 하늘도 파랗고 바다도 파랗다. 그러나 정말 피부로 느끼는 행복감은 운전이다. 차가 전혀 안 막힌다. 아무리 막힐 때도 신호등 한 번 바뀌는 정도만 기다리면 된다. 여수시의 주차 시스템 또한 환상적이다. 곳곳에 공용 주차장이 있고, 처음 한 시간은 무조건 무료다. 최근 내가 여수시로 주소를 이전한 이유도 이 착한 도시에 세금을 제대로 내기 위해서다.

대도시에 사는 사람들은 자신들이 얼마나 끔찍한 환경에 놓여 있는지 모른다. 내가 서울에서 운전하며 가장 괴로울 때는 차선을 바꿀 때다. 다들 '차선 바꾸겠다는 신호'를 '빨리 달려오라는 신호'로 받아들인다. 잽싸게 달려들어 차선을 바꿀 여유를 절대 안 준다. 어어, 하다 보면 뒤에서 빵빵거리며 난리 난다. 정신이 혼미해지며 그냥 울고 싶어진다. 주로 남자들이 그런다. 한국 남자들은 자기 자동차 앞을 양보하면 인생 끝나는 줄 안다. 도대체 왜들 이러는 걸까?

자동차 안이 유일한 자기 공간이라 여기기 때문이다. 집의 안방은 아내 차지가 된 지 오래다. 아이들도 이제 안방을 '엄마 방'이라고 한다. 거실은 TV와 뜬금없이 커다란 소파가 차지하고 있다. 아이들은 각자의 방에 틀어박혀 나오지 않는다. 코를 심하게 골아 같이 잠을 못 자겠다는 아내의 불평에 거실 소파에서 잠을 청한 지 이미 수년째다. 수면 무호흡으로 이러다 죽겠다 싶어 새벽에 잠을 깨면 거실 바닥에 널브러져 있다.

그래서 자동차 안이 그렇게 행복한 거다. 한 평도 채 안 되지만 그 누구도 눈치 볼 필요 없는 나만의 공간이다. 밟는 대로 나가고, 서라면 선다. 살면서 이토록 명확한 '권력의 공간'을 누려본 적 있는가? 그러니 도로에서 누가 내 앞길을 막아서면 그토록 분노하는 거다.

한때 자동차가 특이하게 '의미 있는(?)' 공간일 때가 있었다. 총각 시절, 나는 한강에서 자주 낚시를 했다. 밤늦게 보면 고수부지 으슥

한 곳마다 자동차가 주차되어 있었다. 죄다 창문에 김이 서려 있었다. 난 자동차에 다가가 차창을 '똑똑' 두드렸다. 창문은 매번 위쪽만 살짝 내려왔다. 나는 그 틈에 입을 대고 소리쳤다. "예수 믿으세요!" 그러고는 냅다 달아났다. 뭔가 의미 있는 일을 한 것 같아 참많이 뿌듯했다. 지금 생각하면 두들겨 맞지 않은 게 다행이다. 철없던 시절 이야기다. 이젠 안 그래도 된다. 그런 공간은 외곽에 아주많다. 그러나 한국 사내들이 진지하게 자신의 존재를 확인할 수 있는 '따뜻한 공간'은 없다. 모든 문제는 거기서 시작된다.

"인생을 바꾸려면 공간을 바꿔야 한다." 철학자 앙리 르페브르Henri Lefebvre가 쓴 말년의 역작 『공간의 생산』의 핵심 내용이다. 공간은그저 비어 있고, 수동적으로 채워지는 곳이 아니다. 공간은 매 순간인간의 상호작용에 개입하고, 의식을 변화시킨다. 오늘날 '문화 연구cultural studies'에서 '공간'은 아주 새롭게 각광받는 주제다. 그동안'시간time'에 밀려 시답잖게 여겨졌던 '공간space'이 갖는 문화적 기능을 적극적으로 탐색하려는 학자들의 시도를 '공간적 전환spatial turn'이라고 부른다.

프랑스의 역사가 필리프 아리에스Philippe Ariès는 '사생활'의 탄생을'침실'이라는 공간과 연계하여 설명한다. 응접실이나 식당과는 구

창고를 개조한
박 화가의 작업실을 보고
내가 원하는 공간의 실체가
비로소 분명해졌다.

'아주 높은 천장'!

별된 '침실'이 만들어지면서 '사생활'이 생겨났다는 것이다. 근대 부르주아의 삶에서 '침실'은 그저 잠자는 곳이 아니었다. 침실은 아기가 태어나고, 사랑을 하고, 부부가 늙어 세상을 떠나는 장소였다.

'행복한 가족'은 이 새롭게 생겨난 '침실'이라는 공간이 있었기에 가능했다. 오늘날 출산과 죽음의 기능은 병원으로 옮겨졌고, 사랑도 뜸해졌다. 이제 침실에서는 그냥 잠만 잔다. 아리에스가 설명한 근대적 의미의 '가족'은 이제 해체되고 있다.

20세기 초, 버지니아 울프는 연간 500파운드와 '자기만의 방a room of one's own'을 가진다면 여자들도 가치 있는 삶을 살 수 있다고 주장했다. 백여 년이 지난 오늘날, 한국 남자들에게도 '자기만의 방'이 필요하다. 한국 남자의 이 몹쓸 분노와 적개심은 '아파트'라는 매우 한국적인 주거 공간과 밀접한 관계가 있다. 전통 가옥에는 '사랑방'이라는 가부장적 공간이 아주 폼 나게 있었다. 그러나 아파트가 들어오면서 상황은 바뀌었다. 남자의 공간은 사라지고 아주 못된 가부장적 습관만 남았다.

심리학적으로 자의식은 공간의 통제감과 밀접하게 연계되어 있다. 어느 날부터 아이들이 자기 방문을 잠그기 시작한다. 주체적 개인이라는 사실을 인정해달라는 거다. 공간이 있어야 주체 의식도, 책임감도 생긴다. TV 보는 게 전부인 거실을 없애서라도 남자의 공간을 만들어야 한다. 안 되면 땅굴이라도 파야 한다.

은은하게 조명을 밝히고, 책도 읽고, 음악도 듣고, 자기가 좋아하는 물건도 쭉 늘어놓을 수 있어야 한다. 공간이 있어야 '자기 이야기'가 생긴다. '자기 이야기'가 있어야 자존감도 생기고, 봐줄 만한 매력도 생기는 거다. 한 인간의 품격은 자기 공간이 있어야 유지된다. 아, 자기 전에 그 공간에서 하루를 성찰하며 차분히 기도도 드려야 한다. 자다가 아예 영원히 잠들 수도 있는 나이가 되었기 때문이다. 주위에 이미 여럿 그렇게 갔다.

사소한 거 하나 더. '자기만의 방' 출입문은 꼭 밀어서 여는 문이어야 한다. 조금씩만 보여야 하기 때문이다. 당겨 열면 방 안이 한 번에 다 들여다보인다. 그래서 침실 문이 죄다 밀어 여는 방식인 거다. 한 번에 다 보이면 서로 낭패다.

타인의 마음도 마찬가지다. 아주 천천히 밀어 여는 거다. 사랑할수록 조금씩 밀어 여는 거다.

저녁노을

#'올려다보기'

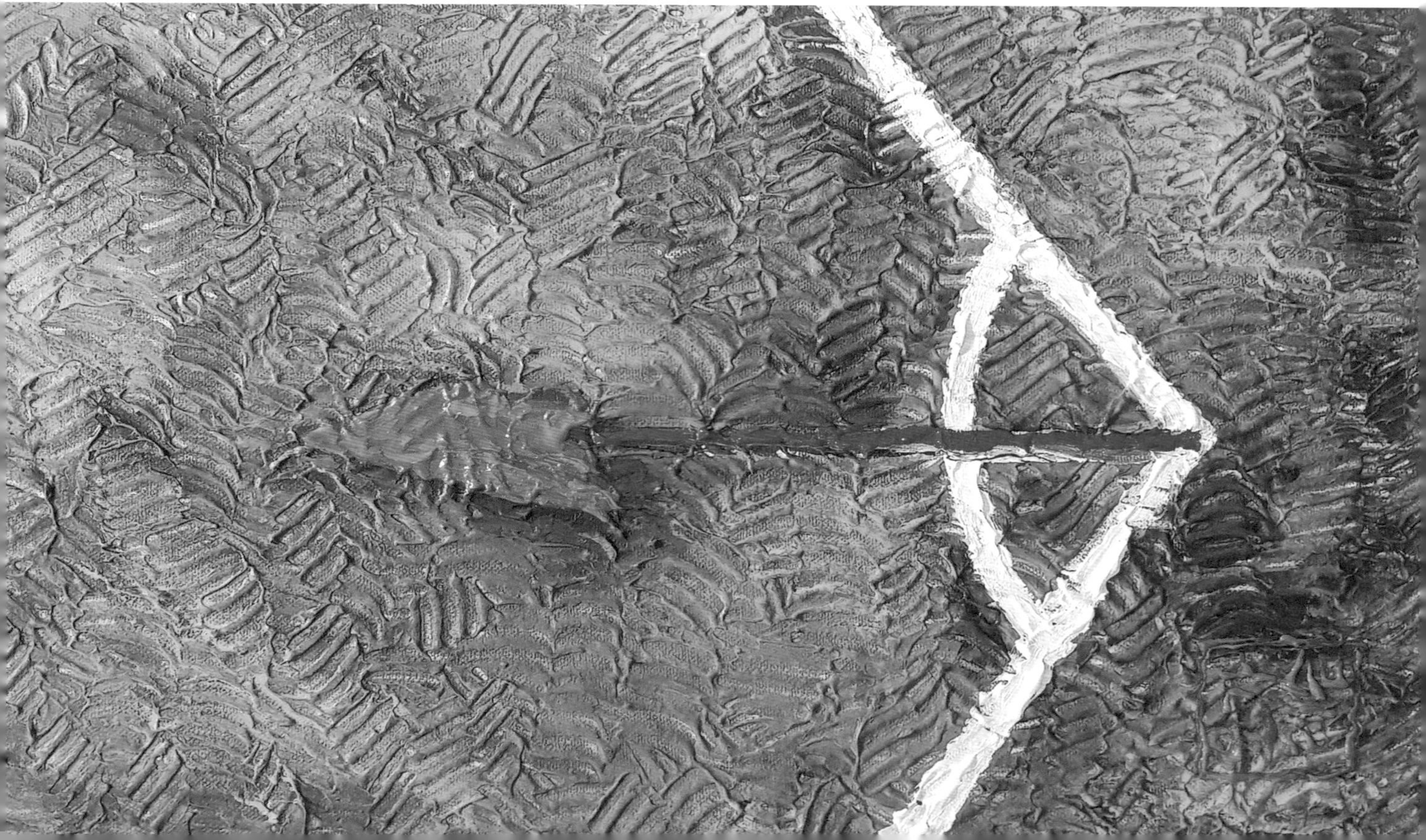

여수 앞바다에는
섬만 수백 개다!

제발 우중충한 '개량 한복'은 안 입고 나왔으면 좋겠다. 꼭 회색 아니면 진한 고동색이다. 요즘 환한 색의 예쁜 개량 한복도 참 많다. 흰머리가 가득한 '꽁지 머리'는 정말 '으악'이다. 아내는 화면으로 보고만 있어도 '쉰내'가 난다며 채널을 돌리라고 야단이다. '야전 상의'에 '건빵 바지'도 빠지지 않는다. '야전 상의'의 목덜미는 묵은 때로 반질반질 굳어 있을 게 분명하다. 수년간 면도를 건너뛴 얼굴은 구구절절 꼬질꼬질하다. 그런데도 화면에서 눈을 떼지 못한다.

TV 프로그램 〈나는 자연인이다〉의 주인공들 이야기다. 리모컨을 돌리다 보면 꼭 걸려든다. 내용이야 수년째 한결같다. 모든 주인공이 산에 약초 캐러 올라간다. 이 풀은 어디에 좋고, 저 열매는 어디에 좋다는 근거 불분명한 이야기만 한참 늘어놓는다. 죄다 한의사다. 산에서 내려오면 텃밭에서 상추나 파를 따서 저녁을 한다. 불을 피워서 대충 요리하는 모습은 세상의 모든 여자가 질색할 수준이다. 아주 더럽다. 안 보여주는 게 더 나을 법한, 아주 대충 하는 설거지가 끝나면 불 앞에서 이전에 고생한 넋두리가 이어진다. 그 이야기 또한 거기서 거기다.

이 '저렴한' 프로그램을 나만 보는가 해서 물어보니, 내 또래 인간들은 죄다 '자연인' 마니아다. 기사를 찾아보니 지상파와 종편을 통틀어 '한국인이 좋아하는 프로그램 TOP 10'에 매년 꼭 들어간단다. 그 수많은 프로그램 중에 이 '장마철 걸레처럼 쉴 새 나는 방송'이 한국 사내들에게 이토록 인기 있는 이유는 무엇일까?

물론 '자유'다. 그러나 도대체 어떤 종류의 '자유'인가? 우선, 마음껏 '불 피울 수 있는 자유'다. '불 피우기'는 동물과 인간을 구별하는 가장 중요한 기준이다. 인류 역사에서 모든 '의미'는 '불 피우기'와 관련되어 있다. 그래서 모든 종교적 리추얼에 '불 피우기'가 빠지지 않는 거다. 한국 사내들의 느닷없는 캠핑 열풍도 이 '불 피우기' 때문이다. '왜 이렇게 살아야 하는가'에 대한 대답을 찾기 위해서다. 삶의 의미가 찾아지지 않으니 자꾸 이상한 '불장난'만 하는 거다.

더 중요한 자유가 있다. '시선의 자유'다. 이건 한국 사내들에게 매우 절박한 자유다. 평생 '타자의 시선'을 의식하며 살기 때문이다. '타자의 시선을 내면화'하는 것처럼 치명적인 것은 없다. 지켜보는 사람이 없는데도 누군가 지켜본다고 생각하며 평생 두려움 속에 살고 있다.

학창 시절, 시험 감독 선생님은 항상 교실 뒤쪽에 있었다. 학생들은 선생님이 우리의 일거수일투족을 지켜본다고 생각하고 커닝 따위는 엄두도 못 냈다. 시험지를 교탁에 올려놓고 돌아보면 감독 선생님은 멍하니 창밖을 보고 있었다. 참 허망했다. 그러나 한국 사내들이 근무하는 사무실에서 감시의 시선은 항상 작동한다. 과장이나 팀장의 자리는 부하 직원들을 한눈에 감시하는 위치에 있다. 몸도 마음도 꼼짝 못 한다.

선글라스가 멋있어 보이는 이유는 시선의 방향을 감지 못 하기 때문이다. '감시의 공포'가 '경외'로 둔갑하는 것이다. 물론 내 친구 문창기처럼 가릴수록 멋있는 경우도 있다. 아주 고급스러운 커피 사업을 무지하게 크게 하지만, 진짜 '컨추리'하게 생긴 창기는 선글라스를 쓰면 참 멋있다. 거기에 황사 마스크를 하고, 모자까지 눌러 쓰면 진짜 폼 난다. 창기는 강남의 그 비싼 회사 건물 옥상에서

여수 앞바다에는
섬만 365개다!

사실은 몇 십 개가 부족한데
물이 다 빠지면 겨우 드러나는
바위섬들도 숫자에 맞춰 포함시켰다.

그런데
이런 걸 꼭 따지는 인간들이 있다.

'사랑'을 못 해봐서 그렇다.
부족하면
채워주는 게 '사랑'이다.

배추 농사를 짓는다.

'관찰당하는 것'이 아니라 내 맘대로 '볼 수 있는 자유'가 행복의 핵심이다. 〈나는 자연인이다〉에 넋 놓게 되는 이유는 바로 그들이 누리는 '시선의 자유' 때문이다. '시선'과 관련해 영국의 지리학자 제이 애플턴Jay Appleton은 '조망-피신prospect-refuge' 이론을 주장한다. '먼저 보고, 도망칠 수 있어야 살 수 있다'는 생존 원칙이 인간의 모든 미학적 경험에 깔려 있다는 주장이다. 일단 먼저 보고 도망쳐야 한다. 사냥할 때도 마찬가지다. 먼저 볼 수 있어야 한다.

산 위에 올라가거나 한없이 펼쳐진 바닷가에서 행복해지는 이유는 바로 이 '조망-피신'이라는 원시시대의 본능 때문이다. 중년 사내들이 주말마다 골프장에 나가지 못해 안달하는 이유도 바로 이 '조망-피신'의 기억 때문이다. 골프장에서는 원시시대의 사바나처럼 멀리 조망할 수 있다. 중간중간 나무가 있어 숨을 곳도 있으니 마음이 그렇게 편할 수가 없다.

그래서 여수 섬 바닷가의 무너져가는 미역창고를 헐값에 샀다. 지금 쓰는 화실은 세 들어 있어 언제고 내줘야 한다. 집주인에게 팔라고 수차례 애원했지만, 거절당했다. 하긴 내가 집주인이라도 절대 안 판다. 여수 인근의 '조망-피신'이 좋은 '명당'은 도무지 구할 수가 없다. 그러나 여수 앞바다에는 섬이 수백 개나 있다. 바다가 한없이 펼쳐져 있어 먼저 보고 도망가는 데 아무 문제 없다!

이번에도 박치호 화가 때문이다. '죽이는 빈 창고'가 섬에 있다고 했다. 화가는 모름지기 극도로 외로워야 좋은 작품이 나온다며, 지금의 내 그림은 너무 안이하다고 했다. 허걱! 하루에 배가 세 번씩은 오가는 포구 옆이라 외로움도 견딜 만하다고 했다. 지난주에 불쑥 계약했다. 이제 어떻게 해야 할지 앞이 캄캄하다. 그러나 평생 '쉰내 나는 자연인'만 보며 살 수는 없지 않은가?

며칠 동안 〈바닷가 전원주택〉이라는 유튜브 채널을 열심히 봤다. 젊은 사람이 바닷가에 집 짓고 좌충우돌 사는 이야기를 어수선하게 보여주는데 구독자만 2만 8,000명이란다. 거참. 자기 콘텐츠만 확실하면 '시선의 자유'와 '목구멍이 포도청' 사이의 모순은 얼마든지 해소할 수 있는 세상이다.

아무튼, 축구든 인생이든 운동장은 넓게 써야 한다. 그래야 행복하다!

올려다봐야 나를 본다

멀리 봐야 한다,
자주 올려다봐야 한다

요즘은 해가 저녁 늦게, 그리고 오래 떨어져서 참 좋다. 화실로 가는 길에 석양을 마주하며 듣는 클래식FM의 음악도 기막히다. 슈베르트의 가곡 〈저녁노을Abendrot〉이 흘러나온다. 테너 프리츠 분더리히Fritz Wunderlich의 노래가 최고다. 바리톤의 저음은 저녁노을의 '경외감'을 전달하기에 너무 무겁다. 소프라노는 반대로 너무 들떠 있다. 슈베르트 가곡은 피아노의 선율을 함께 느껴야 한다. 피아노가 스스로 노래하기 때문이다. 목소리와 피아노가 서로 다른 노래를 하는 것 같지만 묘하게 어울리며 흘러간다.

여수 여자만 갯벌 저편으로 천천히 떨어지는 저녁노을에 그저 하염없이 앉아 있다. 최백호의 노래 〈부산에 가면〉도 하염없이 앉아 듣기에 참 좋다. 피아노의 멜로디와 가수의 노래가 제각기 진행되는 에코브릿지의 작곡이 참으로 빛난다. 피아노의 반복되는 리듬에 중독될 즈음이면 최백호가 노래하는 가사가 비로소 귀에 들어온다. "어디로 가야 하나, ……오래된 바다만, 오래된 우리만…….” 최백호의 목소리는 연신 떨린다. 이쯤 되면 최백호와 프리츠 분더리히는 동급이다.

여수도 이제 노래 바꿀 때가 되었다. 그동안 〈여수 밤바다〉를 너무 많이 틀었다. 주말 밤이면 아저씨까지 술 취해서 떼로 몰려다니며 〈여수 밤바다〉를 불러댄다. 가사도 딱 '여수 밤바다'까지만이다. 나머지는 죄다 '라라라' 경음악이다. 듣는 내가 더 답답하다.

'하염없음'은 시간이 정지되고, 유체 이탈처럼 '또 다른 나'가 공중부양하며 세상을 내려다보는 것 같은 경험이다. 철학적 '자기 성찰'이란 심리학적으로는 '경외감'과 '하염없음'으로 야기되는 '인지적 전환cognitive shift'이다. 도무지 감당할 수 없이 엄청난 대자연 앞에서 내가 갖고 있는 현재의 인지 체계로는 그 어떠한 설명과 해석도 불가능하다. 남은 방법은 오직 한 가지뿐이다. 내 인지 체계를 통째로 바꾸는 일이다. 인간의 모든 미학적 경험은 이 같은 '인지

이렇게
하늘을 올려다본 지가
도대체
언제였는지···
기억은 나는지···

적 전환'과 깊이 관계되어 있다.

우주선을 타고 먼 우주에서 처음 지구를 바라본 우주 비행사들은 지구에 귀환한 후 인생관이 완전히 바뀌었다. 그 누구도 경험하지 못한 새로운 관점을 경험했기 때문이다. 이를 가리켜 미국의 작가 프랭크 화이트Frank White는 '조망 효과Overview Effect'라고 했다. 건축가이자 디자이너 찰스 임스Charles Eames와 레이 임스Ray Eames 부부가 만든 〈10의 제곱수Powers of Ten〉라는 9분짜리 다큐멘터리를 보면 우주 비행사와 비슷한 경험을 할 수 있다.

화면의 관점은 공원에 앉아 있는 남녀 한 쌍을 1미터 위에서 바라보는 장면에서 시작해서 매초마다 열 배씩 높아진다. 채 몇 분이 되지 않아 지구가 속한 은하계마저 하나의 점이 되어버린다. 오늘날 '구글 어스Google Earth'를 통해 누구나 '조망 효과'를 경험할 수 있다.

인간이 세상을 보는 기준은 항상 자기 몸이다. 어릴 적 그렇게 컸던 학교 운동장이 나이가 들어 찾아가보면 그렇게 작을 수가 없다. 그 넓었던 집 앞 '신작로'가 그렇게 좁을 수가 없다. 내 몸을 기준으로 보기 때문이다. 초등학생의 작은 몸으로 본 세상은 크고 놀라웠다. 호기심에 가득 차 세상을 올려다봤다. 그러나 성인의 몸을 기준으로 보면 죄다 시시하고, 볼품없다.

지금 내 삶이 지루하고 형편없이 느껴진다면, 지금의 내 관점을 기준으로 하는 인지 체계가 그 시효를 다했다는 뜻이다. 내 삶에 그 어떤 감탄도 없이, 그저 한탄만 나온다면 내 관점을 아주 긴급하게 상대화시킬 때가 되었다는 이야기다.

멀리 봐야 한다. 자주 올려다봐야 한다. '저녁노을 앞에서의 하염없음'과 같은 공간적 오리엔테이션의 변화는 긍정적인 심리적 변화를 동반한다. 미국 텍사스 대학의 심리학자 프레드 프레빅Fred Previc은 인간과 동물의 결정적 차이는 '도파민으로 활성화되는 뇌 Dopaminergic Mind'에 있다고 주장한다. 그의 주장에 따르면 도파민은 주로 '먼 공간'이나 '높은 공간'과 같은 '개인 외적 공간Extrapersonal Space'과 관계하는 반면, 세로토닌과 노르에피네프린과 같은 호르몬은 손이 닿는 '주변 사람 공간Peripersonal Space'과 관계한다. 도파민으로 활성화되는 '개인 외적 공간'의 분석 능력이 인간 문명을 가능케 했다는 것이다.

구체적 맥락의 한계를 벗어날 수 있는 인간의 추상적 사고와 창조적 문제 해결 능력은 '먼 곳', '높은 곳'을 조망하는 것과 깊은 관련이 있다. 그래서 인간은 복잡한 문제가 생기면 눈을 위로 치켜뜨며 생각하는 거다. 지금 '25×9'를 암산해보라. 계산하며 당신의 눈은 어디를 향하고 있는가? 저절로 위를 보게 된다. 뭔가를 골똘히 생각할 때, 내 시선은 스스로도 인식하지 못하는 상태에서 아주 먼 곳에 초점을 맞추게 된다. 서양의 성당이나 왕궁의 천장이 그렇게 높은 이유도 마찬가지다. 건물에 들어서면 저절로 위를 올려다보게 된다. 이때 느끼는 경외감을 통해 자발적인 '인지적 전환'을 유도하기 위해서다. 인간만 올려다본다!

자주 까먹고, 물건을 손에서 놓치고, 물을 쏟고, 오가며 문짝에 자꾸 부딪힌다고 불평할 일이 아니다. 가까운 것들에 대해 둔해지는 만큼, 멀고 높은 곳을 바라보는 거시적 안목과 탈맥락적 시선이 가능해진다. 그래서 나이 들수록 전에는 안 보이던 먼 산이 눈에 들어오는 거다. 하루 종일 손바닥만 한 스마트폰 화면에 머리 처박고 분노하고 한탄하며 내 한 번뿐인 삶을 허비할 때가 아니라는 이야기다. 시간 날 때마다 멀리 봐야 한다. 올려다봐야 한다. 그래야 제한된 우리의 삶을 적극적으로 재구성할 수 있는 창조적 통찰이 가능해진다.

그래서 여수 여자만의 저녁 해가 오늘도 그토록 장엄하게 지는 거다.

#관대함

#첼로

다리는 유혹이다!

섬은
곡선이다

자꾸 까먹는다. 글을 쓸 때 사람 이름이나 개념이 기억나지 않아 한참을 고민한 적이 한두 번이 아니다. 그러나 최근에 경험한 '냉동실의 빤쓰'는 진짜 최악이다. 세탁기에 넣는다는 것을 냉동실에 넣어둔 것이다. 언제 넣었는지 전혀 기억도 없다. 아내가 발견했다. 아내는 2주일에 한 번 정도 내려와 '현미밥'을 끼니별로 냉장고에 넣어둔다. 당뇨 때문이다. 그런데 내가 냉동실에 '빤쓰'를 넣어뒀다는 거다. 아, 냉장고와 세탁기의 공통점은 '문을 연다, 넣는다, 문을 닫는다'가 전부다. 환장한다.

단어나 사람 이름이 생각나지 않고 입안에서만 빙빙 도는 현상을 심리학에서는 '설단 현상舌端現象·Tip-of-the-tongue Phenomenon'이라 한다. '설단 현상'은 현대 심리학의 창시자 중 한 명인 미국의 윌리엄 제임스가 처음 공식적으로 서술했다. 심리학이 생길 때부터 다뤄진 아주 보편적 현상이라는 이야기다.

'설단 현상'과 내 '냉동실의 빤스'는 질적으로 전혀 다르다. 나이 들수록 심해지는 '설단 현상'은 심리학적으로 아무 문제 없다. 단어의 의미는 알고 있으나 단지 단어의 '음운적 재현phonological representation'에 문제가 생겼을 뿐이다. 중요한 것은 내가 그 단어나 사람 이름을 '알고 있다는 것을 알고 있다'는 사실이다. 이를 '메타 인지'라고 한다. '설단 현상'으로 기억나지 않는 것은 제스처를 많이 쓰면 기억이 더 잘 난다는 연구 결과도 있다. 요즘은 '연관 검색어'로 검색하면 된다. '연관 검색어'를 안다는 것은 내가 '알고 있다는 것을 알고 있다'는 증거다.

'내가 알고 있다는 것을 안다'는 메타 인지는 '내가 모르는 것을 안다'와 같은 능력이다. 생물학적 노화에 따른 '설단 현상'은 거꾸로 '메타 인지'가 더욱 활성화된다는 것을 의미한다. '설단 현상'은 어찌 보면 나이 들면서 얻어지는 세월의 선물이기도 하다. 세상에 가장 위험한 사람은 '자신이 뭘 모르는지 모르는 사람'이기 때문이다.

자연에 '직선'은 없다! 섬은 '곡선'이다! 요즘 섬의 '미역창고美力創考' 공사 때문에 자주 배를 타며 얻은 메타 인지적 통찰이다. 모더니티의 가장 큰 오류는 '직선'에 대한 과도한 신념이었다. 시작은 철도였다. 산에 막히면 터널을 만들어 뚫고, 계곡이나 강으로 끊기면 다리를 만들었다. '직선'의 철도를 만들면서 인간은 스스로 신神이 되었다. 이제 강물 옆으로, 계곡을 돌아 나가던 아주 오래된 길도 '직선'으로 만들기 시작했다. '고속도로'다. 독일어로 고속도로를 뜻하는 '아우토반Autobahn'은 철도의 '아이젠반Eisenbahn'에서 가져왔다. '직선의 길'이라는 뜻이다.

철도에서 시작된 '직선의 모더니티'는 이후 인간의 주거 공간으로 옮아왔다. 식물의 곡선으로 장식하던 '아르누보'나 '유겐트슈틸'을 비판하며 '직선의 건축'을 시작한 이는 빈의 건축가 아돌프 로스였다. 이어 르코르뷔지에Le Corbusier나 독일의 바우하우스는 '직선'을 기능주의 건축의 기본 철학으로 삼았다. 대한민국 아파트는 바로 이 '직선의 건축'이 가장 경제적으로, 그리고 가장 폭력적으로 실현된 형태다.

우리는 수백 년에 걸쳐 일어난 서구의 모더니티를 수십 년 만에 해치웠다. 대한민국은 '직선의 모더니티'를 세계에서 가장 빠르게,

이렇게 섬이 휘돌아 나가면
나도 모르게 〈아리랑〉을 부른다.
"나아를 버어리고
가아시는 님은 . . ."

가장 잘 실천한 나라다. '안 되면 되게 하라!'고 했고, '하면 된다!'고 했다. 그러나 오늘날은 더 이상 '직선의 시대'가 아니다. 자연을 지배하려고 만들어놓은 '직선'은 재앙처럼 우리 후손에게 전해진다. 지구온난화와 같은 전 지구적 문제들의 근원에는 바로 이 '직선의 모더니티'가 숨겨져 있다는 이야기다. 오늘날 한국 사회의 견디기 힘든 계층 간, 세대 간 대립 또한 직선의 압축적 성장이 남겨놓은 모순이다.

기능주의 건축의 위세가 하늘을 찌를 때 빈의 또 다른 건축가 프리덴스라이히 훈데르트바서Friedensreich Hundertwasser는 스스로 신이 되고자 했던 모더니티의 본질을 정확하게 꿰뚫어 봤다. 그는 "직선은 무신론적이며 비도덕적이다Die gerade Linie ist gottlos und unmoralisch"라고 비판했다. 아울러 '착한 곡선gute Kurve'을 회복하지 않으면 인간 문명의 미래는 없다고 주장했다.

섬의 내 '미역창고'에 가려면 그야말로 산 넘고 물 건너야 한다. 섬에 다리가 놓이면 좋겠다는 생각도 자주 한다. 그러나 섬에 다리가 놓이면 더 이상 섬이 아니다. 다리는 그저 익숙한 '직선의 유혹'일 따름이다. 내가 섬에 들어서는 순간 그토록 마음이 평온해지는 이유는 섬의 '착한 곡선' 때문이다. 구불구불 이어지는 해안선을 따라 걸으며 나를 괴롭혔던 모든 문제가 바로 이 '직선'과 관계되었음을 깨닫는다. 참 치열하게 살았다. 부딪히면 뚫었다. 안 되면 되게 했다. 무슨 일이든 맡기면 해냈다. 그러나 내 직선적 행위가 타인에게 상처가 되는 줄은 전혀 몰랐다. 내가 타인에게 입힌 상처는 어느 순간 내 상처로 돌아왔다.

이제는 좀 천천히 가도 된다. '직선의 모더니티'는 평균수명이 채 50세도 안 되던 시절의 이데올로기다. 빨리 죽으니, 서둘러 가야 했다. 그러나 이제 우리는 재수 없으면(?) 백 살까지 산다. 평균수명 100세 시대에는 '하면 된다'가 아니다. 되면 하는 거다! 구불구불 돌아가며 살아야 동화처럼 오래오래 행복하게 사는 거다. 부딪히면 돌아가는 '곡선'을 심리학적으로는 '관대함'이라 한다. 오늘날 한국인들이 가장 못하는 거다. 이렇게 '곡선의 섬'에서 '직선의 삶'에 관한 메타 인지적 통찰을 얻는다.

그나저나 꽁꽁 얼어붙은 '빤쓰'는 참으로 설명이 어렵다. 많이 걱정된다.

첼로는 위로다!

태풍 후의
낙관적 삶에 대하여

가을의 여수 앞바다는 참으로 잔잔하고 따뜻하다. 여수 앞바다에 가장 잘 어울리는 음악을 꼽으라면 나는 프란츠 리스트Franz Liszt의 〈콩솔라시옹Consolation〉과 바흐의 〈아리오소Arioso〉를 바로 떠올린다. '위로'를 뜻하는 리스트의 피아노곡 〈콩솔라시옹〉 3번을 들으면 '가슴이 벅차온다'는 표현이 어떤 건지 알게 된다. 그러나 내게 진정한 위로는 '첼로'다. 물론 여성 첼리스트가 연주할 때만 그렇다. 연주가 시작되면 난 그녀의 첼로가 된다. 그녀는 날 꼭 껴안고 연신 쓰다듬으며 위로한다. 그렇다고 마냥 안겨 어리광 부리게 놔두지는 않는다. 살짝살짝 꼬집는 피치카토의 자극도 있고, '방귀 소리'로 놀리는 글리산도의 유머도 있다.

〈아리오소〉와 더불어 알렉산드르 보로딘Aleksandr Borodin의 현악사
중주 2번은 첼로의 따뜻함을 가장 잘 느낄 수 있는 곡이다. 3악장
〈노투르노Notturno〉가 시작되면 나는 그대로 무너진다. 첼로의 품에
안겨 엉엉 운다. 카미유 생상스Camille Saint-Saëns의 〈백조Le Cygne〉도
너무 좋다. 그러나 이 곡은 천장이 아주 높은 곳에서 들어야 한다.
고대 로마 신전 같은 파리 마들렌 사원에서 연주된 〈백조〉는 엄청
났다. 단아한 첼리스트가 아주 우아하게 연주했다. 그녀의 '백조'
는 내 가슴을 뻥 뚫고 하늘로 날아올라 별이 되었다. '백조'는 천장
낮은 곳에서 연주하면 안 된다. 이내 고꾸라져 '닭'이 되고, '오리'
가 된다. 수유리에는 잘하는 오리구이집이 많다.

지난 가을 어느 날, 난 밤새 첼로만 들었다. 난 몹시 불안했고 날 꼭
안아주는 첼로의 위로가 필요했다. 그 잔잔한 여수 앞바다에 태풍
이 들이쳤기 때문이다. 섬에 공사 중인 내 '미역창고美力創考'가 걱
정되어 도대체 잠을 이룰 수 없었다. 바닷가에서 불과 5미터밖에
떨어지지 않은 내 '미역창고'의 지붕은 다 뜯어져 있는 상태였다.
이전 건물의 낡은 목재 트러스를 재사용하기 위해 건물 안팎으로
엉성한 비계도 설치되어 있었다.

태풍은 여수를 스치듯 지나갔다. 천장 공사를 맡고 있는 '스틸 박'

이 첫 배로 섬에 들어갔다. (소싯적 기능대회 용접 부문 메달리스트 출신인 박용태 씨를 나는 '스틸 박'이라 부른다. 그가 손대면 쇠가 고무처럼 착하게 변한다.) 섬에 도착하자마자 그는 아무 내용 없이 사진만 잔뜩 보내왔다. 공사장은 아주 깨끗했다. 아뿔싸, 너무 깨끗한 것이 문제였다. 파도가 다 쓸고 가서 깨끗한 거였다. 이어 보내온 사진에는 건물 앞에 쌓아뒀던 시멘트벽돌, 건설자재들이 죄다 파도에 쓸려 건물 뒤로 밀려나 있었다. 밀려온 온갖 바다 쓰레기도 함께 어지럽게 쌓여 있었다.

바로 다음 배로 나도 들어갔다. 섬으로 가는 배 안에서 '미역창고' 건축을 반대하던 이들의 얼굴이 떠올랐다. 아니나 다를까, '태풍에 이상 없냐?'는 문자가 계속 들어왔다. 정말 나를 걱정해서 보낸 문자인 거 다 안다. 그러나 내겐 '그럴 줄 알았다!'는 문자로 읽혔다.

한번 비관적 생각에 빠지면 모든 것을 꼬아 생각하는 내 오래된 습관이 되살아났다. 인생 사는 데 비관주의가 아무 도움 안 된다는 것은 수년 전 교수를 그만둘 때 이미 알았다. 사태의 비관적 전망을 예고하는 것은 '지식인'의 의무다. 이런 비관주의는 '지적 우월함'을 전제로 한다. 그래서 '나름 지식인'을 아침에 만나면 하루 종일 뭔가 불편한 거다. 스스로의 삶에 대한 비관주의적 태도는 아주 치

태풍이 몰아치던

그 가을 어느 날, 내겐 더 이상

'첼로 소리', 가 들리지 않았다.

명적이다. '행복한 지식인'은 형용모순이다.

비관주의보다 아무 대책 없는 낙관주의가 더 심각하다. 이른바 '비현실적 낙관주의unrealistic optimism'다. 자신의 미래에 관해 아무런 합리적 근거 없이 낙관적 태도를 취하는 것을 뜻한다. 예를 들면 다른 흡연자의 폐암 확률은 실제보다 훨씬 높게 생각하고, 자신이 폐암에 걸릴 확률은 현저하게 낮춰 생각하는 흡연자의 경우다. 한·중·일 세 나라를 비교하면 한국인의 '비현실적 낙관주의'가 압도적으로 우세하다. 과도한 자기애自己愛에 빠져 있는 비현실적 낙관주의자의 두드러진 특징은 실패나 좌절을 겪게 되면 아주 쉽게 분노한다는 거다. 자기 탓이 아니기 때문이다. 죄다 남 탓이다.

반만 차 있는 물컵을 보고 '아직도 물이 반이나 남았네' 하는 것도 진정한 낙관주의가 아니다. 심리적 마스터베이션인 '정신 승리'에 불과할 뿐이다. 반만 남은 물을 작은 컵에 옮겨 담아 꽉 채워야 진짜 낙관적인 거다. 문제가 생기면 바로 바꾸고 변화해야 진정한 낙관주의자다. 결국 미역창고의 구조변경을 받아들이기로 했다. 바다 조망을 위해 커다랗게 계획한 창문은 반으로 줄여야 한다. 창문 밖에는 거센 파도에 날아들 수 있는 돌을 막는 커다란 방패막이도 세워야 한다. 화실로 쓰려 했던 미역 수조의 벽도 한참을 높여야 한다. 안 그러면 태풍 불 때마다 수영장이 된다. 이제 '폼 나는 건물'이 되기는 아예 그른 거다. 이럴 거면 뭐 하러 미역창고를 개조하나 하는 자괴감이 들며 다시 비관적이 되려 한다. 아, 논리가 이렇게 전개되면 안 된다.

이렇게 생각하기로 한다. 어차피 책을 쓰고 그림에 몰두하려면 바다를 향한 '커다란 창'은 방해물일 뿐이다. 대신 튼튼한 삼중 창호의 방음은 기가 막힐 거다. 그렇게 작게 난 창문 틈으로 바다를 보며 첼로를 들으면 난 무지하게 행복할 거다. 내 낙관적 삶에는 큰 창문의 바닷가 전망보다 첼로의 위로가 훨씬 더 소중하기 때문이다. 내 '미역창고' 건축을 가장 반대한 윤광준은 속으로 분명 그럴 거다. '너 참 애쓴다!'

사실은 나…… 그 후로 자주 울컥한다.

천국에서는 '바닷가 해 지는 이야기'만 합니다!

여수 남쪽 섬의 내 작업실 '미역창고美力創考' 공사는 이제 거의 마무리 단계입니다. 낡은 미역창고 개조 공사가 너무 오래 걸렸습니다. 돈도 생각보다 훨씬 많이 들어갔습니다. 계산해보니 처음 예산의 꼭 두 배입니다. 이런저런 공사가 아주 다양합니다. 해당 공사 인부들이 일을 시작할 때 이야기하는 금액과 일을 끝낼 때 부르는 금액의 차이가 매번 엄청납니다. 이유는 항상 똑같습니다. '섬'이라 그렇다는 겁니다. 뭐라고 항의라도 할라치면 연장 싸 들고 섬에서 나간답니다. 섬에 들어오겠다는 인부가 없으니 매번 꼼짝 못 하고 그냥 참아야 합니다. 돈은 달라는 대로 다 주면서 세상에 이런 '을'이 없습니다. 모두들 반대한 공사니 마땅히 하소연할 곳도 없습니다. 아주 지칩니다. 그래도 덕분에 인격이 아주 많이 성숙해졌다고 자부합니다. 마음대로 안 되면 수시로 화를 내며 살아왔던 내 조급한 성격이 많이 느긋해졌습니다. "자기 집 한번 지어보지 않고 인생을 논하지 말라"는 사람들 말이 진짜 맞습니다.

섬의 '미역창고'로 가는
배에는 매번 나 혼자입니다!

매일 섬에 들어갑니다. 처리해야 할 일이 한두 가지가 아닙니다. 폐선 처리 직전의 낡은 여객선에 손님은 거의 매번 나 혼자입니다. 오늘도 나 혼자 배를 탔습니다. 공사 이외에도 안팎으로 심란한 일들이 겹쳐 마음이 아주 힘듭니다. 이어폰을 꺼내 로베르트 슈만Robert Schumann의 피아노 콰르텟 〈안단테 칸타빌레〉를 듣습니다. 첼로 선율이 맑고 푸르러 차가운 바다와 참 잘 어울립니다. "행복과 불행은 언제나 함께 온다"는 슈만의 말처럼 아주 묘합니다. '행복한 때'와 '슬픈 때'가 따로 있는 게 아니니, '기쁘다고 너무 날뛰지 말고 슬프다고 처지지도 말라'는 뜻이라 생각하며 위로받습니다.

배가 막 출발하려는데 젊은 여인들이 우르르 탑니다. 이 배에서는

도무지 볼 수 없었던 우아한 여인들입니다. 객실 바닥에 퍼질러 앉기에는 몹시 불편한 옷차림을 한 여인들에게 내가 다 미안해집니다. 이어폰을 빼고 가만히 하는 이야기를 들어봤습니다. 옆 섬 초등학교의 음악 교사 면접에 간다고 합니다. 순간 내 '의식의 흐름'은 지리산 계곡물보다 빨라집니다. '하루 세 번 섬에 가는 배니까 여선생과 마주칠 확률은 33퍼센트 이상이다. 아, 그럼 수염을 길러야 하는 건 아닐까? 배를 타면 일단 스케치북부터 꺼내고 있는 것이 좋겠다. 파이프 담배를 무는 건 어떨까? 젠장, 너무 진부해! ……'

도대체 내가 왜 이러고 사는 건지
곰곰이 생각해봤습니다

옆 섬에서 여인들은 모두 내렸습니다. 배에는 다시 나 혼자입니다. 급 쓸쓸해지며 '내가 지금 뭐 하는 건가' 하는 생각에 슬퍼집니다. '지난 오십 년'은 밀려 살았으니, '앞으로의 오십 년'은 내가 하고 싶은 일을 하겠다고 결심하고 교수를 그만둔 지 벌써 팔 년째입니다. 그동안 일본에서 미술전문대학을 마치고, 아는 사람 하나 없는 여수로 들어왔습니다. 이제는 다시 여수 남쪽 끝의 섬으로 들어간다며, 옆 섬에 여선생이 온다는 소식에 이토록 가슴 설렙니다. 도대체 내가 왜 이러는 걸까요?

'공간충동'입니다! 내가 진짜 하고 싶은 일, 그러니까 글 쓰고, 그림 그리고, 음악 들으려면 '내 공간'이 있어야 합니다. 내가 정말 하기 싫은 일, 그러니까 '만나고 싶지 않은 사람을 만나는 일(미치도록 싫은 일입니다)', '저녁마다 TV 채널을 돌리며 등장인물 욕하며 늙어가는 것(아, 이건 정말 끔찍한 일입니다)'을 피하려면 '내 공간'이 있어야 합니다. 이 허접한 외로움을 담보로 내가 얻고자 했던 것은 바로 '내 공간'이었습니다. '무소유'를 주장하고 실천한 법정 스님은 자신이 평생 버리지 못한 욕심이 하나 있었다고 고백했습니다. '깨끗한 빈방'에 대한 욕심이랍니다. '공간 욕심', 즉 '공간충동'만큼은 법정 스님도 어쩌지 못했다는 이야기입니다.

화가는 일단
아틀리에가 폼 나야 합니다!

화가는 자기 작업실이 있어야 합니다. 명색이 '나름 화가'인데 '일본 유학파 화가'에 어울리는 작업실이 있어야 한다고 생각했습니다. 지나고 나니, 그림을 그리고 싶었던 것이 아니었습니다. '내 공간'을 갖고 싶었던 겁니다. 아주 어릴 때부터 작업실에서 고독하게 그림을 그리는 '화가 코스프레'가 로망이었던 겁니다. 여수에 처음 왔을 때 아는 사람이 전혀 없었습니다. 우연히 알게 된 여수 골든비치 리조트의 김정길 사장이 여수 외곽에 어떤 화가가 근사한 아틀리에를 가지고 있다고 구경 가자고 했습니다. (낯선 곳에서의 삶은 그곳에서 처음 만나는 사람이 누구인가에 따라 결정됩니다. 여수에서 처음 만난 여수제일병원 강병석 원장과 김정길 사장께 참으로 감사한 마음입니다.)

박치호 화가의 작업실이었습니다. 깜짝 놀랐습니다. 내가 막연하게 꿈꿨던 화가의 작업실이 눈앞에 그대로 나타났기 때문입니다. 동네 농산물 저장 창고를 아주 오래전에 구입해 화실로 만들었다고 합니다. 높은 천장의 목재 트러스가 아주 멋진 곳이었습니다. 박화가는 '늙은 여인의 검은색 토르소'만 집중적으로 그리고 있었습니다. 많이 우중충합니다. 그러나 자기 세계가 아주 명확한 고품격의 그림들입니다.

박 화가에게 대뜸 '이 화실을 내게 팔라'고 했습니다. 박 화가는 황당한 표정을 잠시 지었으나 이내 진정하고 사람 좋게 허허 웃었습니다. 집이야 언제든 팔고 살 수 있지만, 화가의 아틀리에는 그렇게 쉽게 팔고 사는 게 아니라며, 에둘러 내 가당치도 않은 욕심에 핀잔을 주었습니다. 내가 여수로 내려온 '실존적 이유'에 대해 간절하게 설명하자, 박 화가는 자신이 한번 적당한 곳이 있는지 알아보겠다고 했습니다. 그냥 하는 소리라고 생각했습니다. 나는 입맛을 다시며 발길을 돌릴 수밖에 없었습니다.

드디어 '바닷가 작업실'을 갖게 됐습니다!

몇 주가 지난 후, 박 화가에게서 정말 연락이 왔습니다. 자신의 아틀리에에서 그리 멀지 않은 데에 횟집 하다가 망한 곳이 있으니 그 집주인을 접촉해보자는 것이었습니다. 직접 가서 살펴보니, 스무 평 남짓한 면적의 낡은 식당은 화가의 작업실로는 최고였습니다. 무엇보다도 위치가 죽였습니다. 바로 바다에 인접해 있었습니다. 길게 펼쳐진 갯벌 위로 석양이 정말 환상적이었습니다. 그 해안에는 오직 그 집뿐이었습니다. 적당히 쓸쓸해서 그림 그리기에는 최적의 위치였습니다. 집주인은 이 층에 살고 있었습니다. 한옥을 짓는 목수 서정만 씨였습니다. 그는 그 공간을 목수 일에 필요한 온갖 장비를 모아두는 창고로 사용하고 있었습니다. 목수라 큰 창고가 꼭 필요하다며 임대할 마음이 전혀 없다고 했습니다. 나는 내가 지을 수 있는 가장 불쌍한 표정으로 여수까지 내려온 이유를 또다시 처음부터 길게 설명했습니다. 서정만 씨는 그렇다면 기꺼이 창고를 비워주겠다고 했습니다. 고맙게도 월세는 30만 원으로 하자고 했습니다. 드디어 내가 꿈꿨던 '바닷가 작업실'을 여수의 여자만 끄트머리에 갖게 된 겁니다. 기분이 정말 하늘로 날아갈 듯했습니다.

바로 수리를 했습니다. 바닷가를 향한 벽은 다 터서 통유리창으로 만들었습니다. 바닥과 벽은 낡은 콘크리트의 얼룩덜룩한 색이 그대로 드러나게 투명 에폭시를 칠했습니다. 그리고 그 벽에 지금까지 내가 그린 그림들을 마구 걸었습니다. 원색을 주로 사용한 내 그림은 검은 회색의 벽과 아주 잘 어울렸습니다. 침상에는 다다미를 얹었습니다. 나이 들어 내 자식들보다도 어린 사람들과 공부했던 일본에서의 유학 생활을 기억하기 위해서입니다. 지금 생각하면 어떻게 그런 유학이 가능했나 신기할 정도입니다.

지금 다시 하라고 하면 결코 하고 싶지 않은 일이 '군대(20대)', '독일 유학(30대)', '교수 생활(40대)', 그리고 '일본 유학(50대)'입니다. 당시에는 그게 그리 힘들고 어려운 줄 몰랐습니다. 나름 재밌게 보냈습니다. 그런데 지나고 나니 내가 어떻게 그 생활을 견뎠는지 정

말 신기합니다. 특히 사 년에 걸친 오십 대의 일본 유학은 정말 외롭고 힘들었습니다. 해가 지면 어쩔 줄 몰라 하며 헤매고 다녔던 교토 아라시야마 강가의 밤 풍경이 아직도 눈에 선합니다. 그래서 난 내 스스로가 참으로 기특합니다. 난 '자뻑'이 아주 심합니다. 외로움을 견디려면 스스로를 많이 사랑해야 합니다. 그러지 않으면 바로 무너집니다.

서울 생활을 정리하고
여수로 완전히 이주할 것을 결심했습니다

여수의 기막힌 '바닷가 작업실'에서 한 이 년을 지내고 나니, 이곳 생활이 너무나 행복해졌습니다. 매일 '바닷가 작업실'에 들어설 때마다 '아, 좋다', '너무 좋다'를 연발했습니다. 서울의 집을 완전히 정리하고 여수에서 내 후반기 인생을 보내리라 결심했습니다. 욕심이 좀 더 생겼습니다. 주인이 살고 있는 이 층을 내 라이브러리로 하고, 일 층은 지금처럼 계속 화실로 사용하면 정말 멋진 인생이 될 것 같았습니다.

집주인에게 집을 팔라고 몇 번을 부탁했습니다. 시세의 두 배를 주겠다고도 했습니다. 그러나 집주인은 집을 팔 마음이 전혀 없다고 합니다. 자녀들과 이렇게 외딴 곳에서 오순도순 행복하게 지내는 것이 자신의 꿈이었다고 했습니다. 내 큰아들은 '남의 평생 꿈을 그 따위 어설픈 자본의 힘(!)으로 무너뜨리려고 하느냐'며 나를 비난 했습니다. '다른 사람도 아니고 아빠가 어떻게 그런 야비한 제안을 할 수 있느냐'는 아들의 말에 그 집을 구매하는 것은 바로 포기했 습니다.

다시 박 화가의 화실에서 길게 회의를 했습니다. 이제 여수로 완전 히 이주해야 하니 내 생활 공간, 라이브러리, 그리고 화실을 담을 수 있는 공간을 찾아야 합니다. 박 화가의 화실처럼 천장이 높은 낡은 창고를 구해 개조하는 게 좋겠다는 결론이 났습니다. 몇 달 을 함께 돌아다녀봤지만 여수의 땅값은 그사이 오를 대로 올라버 렸습니다. 여수 인근의 경치 좋은 공간은 이미 임자가 정해졌거나, 내 능력으로 구할 수 없는 수준이 되어버렸습니다. 그러나 '바닷가 작업실'의 놀라운 행복을 한번 맛본 이상, 포기할 수는 없었습니 다. 내게 '멀리 보이는 바다'는 별로 매력적이지 않습니다. 바로 눈 앞에서 밀물, 썰물이 오가는 바닷가 작업실을 무조건 갖고 싶었습 니다.

여수 남쪽 섬의 낡은 '미역창고'를
시세보다 두 배나 주고 샀습니다

내게 남은 선택지는 여수 남쪽의 섬들뿐이었습니다. 그사이 내 배도 생겼습니다. 충주호에서 인명 구조용으로 쓰던 작고 낡은 배가 400만 원에 공매로 나왔습니다. 바로 구입했습니다. 그런데 트레일러로 싣고 와 수리하는 데 900만 원이나 들었습니다. "배보다 배꼽이 크다"는 이야기가 진짜입니다. 어쨌거나 이제 나도 '선주 船主'입니다. 배의 속도가 죽입니다. 최대 40노트까지 달립니다. 거의 '간첩선' 수준입니다. 2박3일을 공부해서 '선박 운전면허', 정확히는 '동력수상레저기구조종면허'도 땄습니다. 배 이름은 '오리가슴'으로 했습니다. '오리가슴'은 '오르가슴'의 한국식 표현입니다. 육체적 오르가슴만 있는 게 아닙니다. 정신적, 지적 오르가슴도 있는 겁니다. 그래서 '오리가슴'을 내 그림에 빠짐없이 낙관처럼 그려 넣습니다. 즐겁게 그림 그리며 살겠다는 내 의지의 확인입니다. 내 배도 그림 그리듯 그렇게 즐겁게 타고 싶습니다.

'오리가슴'호를 몰고 여수 남쪽 바다의 섬들을 뒤지고 다녔습니다. 그러던 어느 날, 박 화가가 죽이는 위치의 미역창고를 찾았다며 함께 남쪽 섬으로 가자고 하는 겁니다. 바로 섬으로 갔습니다. 내 배

로는 이십 분 만에 갈 수 있는 섬입니다. 여수와 섬을 오가는 여객선으로는 사십 분 정도 걸리는 거리에 있는 섬입니다. 하루에 여객선이 세 번 다닌다고 했습니다.

바닷가에 딱 붙어 있는 기막힌 장소에 다 쓰러져가는 미역창고가 있었습니다. 사용하지 않은 지 수년은 족히 된 듯한 창고였습니다. 100평 남짓했습니다. 창고 안에는 온갖 쓰레기로 가득 차 있었습니다. 그러나 미역창고 앞으로 펼쳐진 섬과 바다, 그리고 절벽의 풍광에 가슴이 너무나 쿵쾅거렸습니다. 바로 그날로 구입을 결정하고, 계약금을 지불했습니다. 동네의 시세보다 거의 두 배 가까운 가격을 달라는 땅 주인에게 돈은 달라는 대로 다 주겠으니 창고 안의 쓰레기만 치워달라고 했습니다.

몇 달 후, 친구를 위해 인근 섬의 땅을 알아보려고 부동산 중개업자를 만났습니다. 그는 나를 바로 앞에 두고 '옆 섬에 어떤 사람이 다 쓰러져가는 미역창고를 엄청 비싸게 샀다'며, '정신 나간 사람'이라고 비웃었습니다. 차마 나라고 이야기할 수는 없었습니다. 그러나 아무렇지도 않았습니다. 내가 아주 어릴 때부터 꿈꿨던 바로 그런 바닷가 땅이었기 때문입니다.

결국은 어릴 때 관심 가졌던 것으로 돌아갑니다
아주 희한합니다

초등학교 때, 몸이 약해 일 년 정도를 집에서 쉰 적이 있었습니다. 집에서 만화책만 봤던 것 같습니다. 만화를 직접 그려보기도 했습니다. 다시 학교를 다니게 되었을 때, 미술 시간이 그렇게 즐거울 수가 없었습니다. 실제로는 한 번도 본 적 없는 상상의 바다와 섬을 즐겨 그렸습니다. 섬의 절벽이 굽이치며 바다로 이어지는 내 그림을 담임선생님이 보시고는 크게 칭찬하셨습니다. 어린아이가 풍경을 원근법적으로 그린다고 놀라워하셨습니다. 가정방문 때는 부모님께 내가 '천재적 재능'이 있다며 미술 쪽으로 관심 가지고 키워보는 게 좋겠다고 했습니다. 그때 그 선생님이 내게 정말로 '천재적'이라는 표현을 사용하셨다고 어머니는 지금도 좋아라 하십니다. 모든 어머니에게 자기 자식은 '천재'입니다.

그때 그렸던 그 그림을 아직도 기억합니다. 학교 선생님으로부터 처음 받은 칭찬이었기 때문입니다. 거의 오십 년이 지난 후, 내가 구입한 여수 남쪽 섬의 바닷가 미역창고 앞의 풍광은 내가 초등학교 때 그렸던 바로 그 그림과 소름 끼칠 정도로 꼭 닮아 있습니다. 정말입니다. (그래서 어린아이들은 아주 사소한 일이라도 진심으로 칭찬해

줘야 합니다. 나중에 어떻게 될지 모르기 때문입니다. 이건 정말 중요한 이야기입니다!)

학창 시절 미술 시간은 언제나 즐거웠습니다. 매 학기 미술 수업 첫 시간이면 미술 선생님이 내 옆에 서서 한참을 떠나지 않았습니다. 다른 선생님들로부터는 고약한 문제아 취급을 받았지만, 미술 선생님들은 항상 내게 깊은 관심을 보이셨습니다. 미술대학에 진학하는 것이 어떻겠냐는 이야기도 들었습니다. 그러나 미술 학원을 다니거나 미술 과외를 받을 여유는 없었습니다. 그래서 대학에 처음 진학할 때 '건축과'에 들어갔습니다.

'건축과'에 가면 그림을 많이 그리는 줄 알았기 때문입니다. 그러나 '공업수학'만 죽어라 하는 바람에 미치고 환장하는 줄 알았습니다. 내 적성이 '건축'과는 거리가 멀다고 생각하여 재수를 했습니다. 그리고 심리학과에 입학한 후, 수십 년을 '심리학자'로 살았습니다. 그때 내가 미술이나 건축을 공부했더라면 정말 잘했을 거라 생각합니다. 아내는 어림 반 푼어치도 없는 소리 하지도 말라고 합니다. 나이 들어 뒤늦게 그림을 그리니 사람들이 안타까워 잘 그린다고 하는 거라 합니다. (젠장, 나도 잘 압니다. 그렇다고 매번 그렇게 '옳은 이야기' 하는 거 아닙니다.)

아무튼 나는 수십 년이 지나 미술대학에 입학했습니다. 그리고 '바우하우스Bauhaus'라는 독일의 전설적인 건축 관련 학교에 관한 책을 수년째 쓰고 있습니다. 아주 희한합니다. 어릴 적 그토록 하고 싶었던 '미술'과 '건축'을 이렇게 뒤늦게 다시 다 하고 있습니다. 그것도 아무 연고도 없는 여수 남쪽 끝 섬에서 말입니다. 언젠가 읽은 프로이트의 책에서 "어릴 적 꿈꿨던 일을 할 때 진짜 행복하다"는 구절이 기억납니다. 그래서 요즘 나는 정말, 아주 많이 행복합니다.

우여곡절 끝에 '미역창고'는 완성되어갑니다
그런데…

미역창고를 그대로 쓰려고 했으나 벽이 대부분 무너져 내려 거의 신축하다시피 해야 했습니다. 그래도 박 화가의 화실에서 내가 그토록 부러워했던 목재 트러스는 미역창고에서 떼어내 다시 다 사용할 수 있었습니다. 미역을 담가뒀던 수조도 원래 모양 그대로 살리기로 했습니다. 여수 '씨에이건축사무소'의 박창권 소장이 내 의도를 그대로 반영해 아주 예쁘게 설계해줬습니다. 박 소장은 참으로 무던하면서도 창조적입니다. 인품도 훌륭합니다. 외모가 약간

'컨추리 스타일'이긴 하지만 뭐, 한 사람이 모든 걸 다 갖출 수는 없는 일입니다. (신神은 아주 '공평'합니다. 한 사람에게 모든 걸 주지는 않습니다. 내게는 '마스크'를 주시고, '탈모'도 함께 주셨습니다.)

한창 공사하는데 여수에 태풍이 불어 자재가 다 쓸려 가는 사건도 있었습니다. 동네 사람들이 그 미역창고는 태풍에 아주 취약하다며, 거기에 무슨 건물을 짓느냐며 다들 한마디씩 하고 갔습니다. 결국 '쫄아서' 건물 밑바닥을 1미터 가까이 높이는 대공사를 했습니다. 레미콘 차량 서른 대 분량의 시멘트를 들이부었습니다. 섬이라 레미콘 차량 한 대 들어올 때마다 부가로 드는 비용이 장난이 아닙니다.

'미역창고' 천장을 아주 높게 만들었습니다. 단층이지만 이 층 건물보다 더 높았습니다. 그리고 한쪽 벽을 죄다 책장으로 만들었습니다. 유럽에서 벽을 책으로 가득 채운 건물을 볼 때마다 너무나 부러웠기 때문입니다. 내 인생에 한 번뿐인 이 기회를 놓치고 싶지 않았습니다. 돈이 아무리 많이 들어도 벽 한쪽은 꼭 책장으로 다 채우고 싶었습니다. 용접왕 스틸 박이 놀라운 실력을 발휘했습니다. 책장의 중간 기둥은 모두 쇠로 높게 만들어 벽에 단단히 고정하고, 튼튼한 나무로 책 받침대를 만들어 일일이 끼워 넣었습니다.

책장 뒤쪽으로는 습기가 침투 못 하도록 칸마다 석고보드를 쳤습니다.

높은 곳에 책을 넣고 뺄 수 있는 기다란 책장용 사다리를 설치하려 했습니다. 외국의 오래된 도서관에 가면 책장 앞에 긴 사다리가 설치되어 있는 걸 자주 보게 됩니다. 그 사다리로 책을 찾으러 올라가는 모습이 참 그럴듯해 보였습니다. 그러나 스틸 박은 사다리는 위험하다며 책장용 난간을 별도로 만들었습니다. 폭이 좁은 난간이 발코니처럼 위쪽 책장 앞으로 쭉 이어져 있습니다. 아, 이건 사다리보다 백 배나 멋집니다. 스틸 박은 어디서 낡은 철로를 주워 와 용접해서 난간을 지지하는 기둥으로 세웠습니다. 철로 기둥입니다! 정말 죽입니다. 세상에 단 하나뿐인 엄청난 책장이 내게 생긴 겁니다. 스틸 박은 천재입니다.

서울에 있는 내 책들이 1차로 섬에 내려왔습니다. 5톤 트럭 한가득 싣고 내려왔습니다. 아직 공사는 끝나지 않았지만, 빨리 책장에 책을 꽂고 싶었기 때문입니다. 내려온 책을 모두 책장에 넣었습니다. 천장까지 이어진 책장 가득 책이 꽂혀 있는 모습은 정말 환상적이었습니다. 펄쩍펄쩍 뛰며 좋아했습니다. 그러나…… 아뿔싸! 1차로 내려온 책만으로도 그 높고 넓은 책장이 거의 다 차버렸습니다.

내 책이 그렇게 많은 줄 몰랐습니다. 아직 그만큼의 책이 더 와야 합니다. 큰일 났습니다. 스틸 박과 긴급회의를 했습니다. 다른 쪽의 벽에 책장을 더 만드는 추가 공사를 하기로 했습니다. 지금도 그 공사 중입니다.

빈 책장에 책을 채워가며

늙어갈 겁니다!

빈 책장을 채우며 늙어가기로 했습니다! 아, 이건 최근 내가 한 생각 중에 가장 훌륭한 생각입니다. 주제별로 꽂혀 있는 내 책장의 책들을 보면 가슴이 뜁니다. 빨리 그 책들을 읽고 소화해 새로운 주제의 책을 쓰고 싶어서 그럽니다. 책을 사서 책장에 꽂는 일을 내가 가장 행복해한다는 사실을 '미역창고'의 책장 공사를 하며 깨달았습니다.

생각해보니 좋은 책을 사기 위해 그동안 영어, 일본어, 독일어를 그렇게 열심히 공부했던 겁니다. 외국 여행 가면 책방만 돌아다닙니다. 책을 사지 않는 여행은 아무 의미가 없습니다. 그래서 언어가 낯선 프랑스, 이탈리아 같은 나라를 여행하는 것은 좋아하지 않습

니다. 이 나라에는 영어로 된 책이 거의 없습니다. 게다가 친절하지도 않습니다. 아무튼 조상 덕에 먹고사는 나라들은 앞으로 많이 고생 좀 해야 한다는 게 내 생각입니다.

나는 책을 사려고 여행을 합니다. 좋은 책, 새로운 주제의 책을 사서 한국으로 보내고 나서야 돈을 제대로 쓴 것 같아 마음이 편해집니다. 그중 정말 '좋은 책' 한 권은 남겨서 여행 내내 읽고 다닙니다. 여행 중에는 신기할 정도로 번쩍이는 아이디어가 많이 생깁니다. 좋은 책 한 권은 그런 아이디어가 샘솟게 하는 '마약' 같은 겁니다.

내가 이렇게 여수 남쪽 섬에 내려와서도 그리 큰 문제 없이 버티고 살 수 있는 이유는 영어, 독일어, 일본어를 할 수 있기 때문이라고 생각합니다. '지식의 편집', 즉 '에디톨로지'를 가능케 하는 데이터 축적에 아주 유리하기 때문입니다. '다시 하라면 결코 하기 싫은' 젊은 날의 그 경험들이 지금 이렇게 나를 먹여 살리고 있습니다.

내 책장을 가득 채운 책들을 보면, 열이면 아홉이 꼭 물어봅니다.
"이 책들을 다 읽으셨어요?" 아, 말문이 콱 막히는 질문입니다. 그
런 질문은 '책을 읽지 않는 사람'이 하는 겁니다. 단언컨대, 책은 다
읽고 책장에 꽂아두는 게 아닙니다. 앞으로 읽으려고 책장에 꽂는
겁니다! 책장에 책이 그렇게 많은 이유는 내가 알고 싶은 것이 너
무 많다는 뜻입니다. 책장에 꽂힌 책들을 볼 때마다 삶의 의욕이 팽
창되는 것을 느낍니다. 음탕한 영화를 볼 때 몸이 뻑뻑해지는 그 느
낌과 거의 같은 수준입니다.

아직 다 읽지는 않았지만 어떤 책이 책장 어느 위치에 있는가는
'정확히' 압니다. 그리고 그 책이 어떤 내용인지도 '분명히' 알고 있
습니다. 그 책 주위에 어떤 책이 있는지도 '확실히' 알고 있습니다.
책장은 원고를 쓰다가 어떤 책이 필요해지면 바로 찾아내 읽을 수
있게 잘 정리되어 있어야 합니다. 수시로 책장의 책들이 '헤쳐 모
여'를 반복합니다. 내 관점이 달라지기 때문입니다. 책장의 책을
다시 정리하는 행위 자체가 내겐 '지식의 편집' 과정입니다. 이전
에 전혀 관련 없던 책들이 새롭게 연관되어 붙어 있게 된다는 것은

두 책이 담고 있는 지식을 연결시켜주는 내 '메타 언어'가 새롭게 생겨났다는 뜻이기 때문입니다.

내 책들이 모두 '미역창고'로 옮겨지면 책장 정리에만 몇 달이 걸릴 듯합니다. 지금까지 각기 다른 곳에 쌓여 있었던 내 책들이 드디어 한곳에 다 모이기 때문입니다. 그래서 내가 이토록 행복한 겁니다.

독일 최고의 장서가로 유명한 아비 바르부르크는 책장 정리와 관련해 '좋은 이웃의 법칙Das Gesetz der guten Nachbarschaft'을 이야기합니다. '좋은 책'은 또 다른 '좋은 책'을 자기 옆으로 끌어들인다는 것이지요. 바르부르크의 '좋은 이웃의 법칙'에 따라 정리된 도서관에서 곰브리치의 『서양 미술사』가 나왔습니다. 철학자 에른스트 카시러Ernst Cassirer, 도상학자 에르빈 파노프스키Erwin Panofsky도 이 도서관 덕을 톡톡히 봤습니다. 요즘 뒤늦게 각광받고 있는, 살아서는 너무 불행했던 인문학자 벤야민은 이 도서관에서 일하고 싶어 무척 노력했지만 기회를 얻지 못했습니다. 그가 이 도서관에서 자리를 얻었더라면 그는 아주 행복한 삶을 살았을 겁니다.

자신이 수집한 책을 '알파벳순'으로 쌓아놓는 사람이 있습니다. 책을 크기대로 정리하거나 색깔에 맞춰 정리한 경우도 자주 있습

니다. 이런 식의 '책 장식'을 비난해서는 안 됩니다. 오히려 칭찬해 줘야 합니다. '책 장식'이 다른 과시용 인테리어보다는 훨씬 착하고 순수하기 때문입니다. 그리고 '책 장식'이 아직까지는 많이 쌉니다. 비싼 그림 한 장 걸어놓는 값이면 책으로 벽 하나를 다 채울 수 있습니다. 그래서 이왕 인테리어 할 거면 '책 장식'을 권합니다. 온갖 명품 디자이너 가구로 채운 '돈 자랑'보다는 훨씬 품격 있습니다.

'책은 처음부터 끝까지 다 읽어야 한다'는 생각은 버려야 합니다!

책은 무조건 처음부터 끝까지 다 읽는 게 아닙니다! (물론 소설과 같은 문학작품은 예외입니다.) 세상에 바보 같은 경우가 '책은 끝까지 다 읽어야 한다'는 강박을 갖고 책을 읽는 겁니다. 그러니 책을 안 읽는 겁니다. 책에는 필요한 부분만 찾아 읽으라고 목차가 있고 색인이 있는 겁니다. 책을 살 때 먼저 목차나 색인의 키워드를 살펴보라고 그렇게 자세하게 정리되어 있는 겁니다. 자기 관심이 명확해야 목차나 색인을 찾아보게 됩니다. 그렇게 책을 읽어야 '좋은 이웃의 법칙'에 따라 책을 잘 정리하게 됩니다. 원하는 내용을 찾아

읽다가 정말 재미있으면 읽지 말라고 해도 처음부터 끝까지 다 읽게 됩니다.

책을 끝까지 다 읽어야 한다는 강박에서 자유로워야 책을 많이 읽습니다. 책도 많이 사게 됩니다. 동시에 여러 가지 책을 펴놓고 읽어도 됩니다. 좋은 책은 '새끼를 많이 치는 책'입니다. 읽다 보면 더 읽고 싶은 책들이 고구마 뿌리처럼 딸려 나오는 책이 좋은 책이라는 이야기입니다. 그래야 책장을 볼 때마다 기분이 좋아집니다.

'외로움을 피해 관계로 도피하는 것'처럼 바보 같은 짓은 없습니다

아직 눈이 제대로 작동할 때까지 좋은 책을 많이 읽고, 흥미로운 글을 더 많이 쓰고 싶습니다. 나보다 먼저 나이 든 이들은 죄다 눈이 고장 나서 책을 오래 못 봅니다. 책을 볼 수 있을 때 많이 봤어야 한다고 한탄을 합니다. 새로 유입되는 지식이 없으니, 옛날에 했던 이야기를 '하고 또 하고' 하는 겁니다. 슬픈 일입니다. 몸이 튼튼할 때 여행도 더 자주 다니고 싶습니다. 이유는 그냥 한 가지입니다. 좋은 책을 많이 사고 싶어서 그럽니다. 돈을 좀 더 많이 벌어야 하는 이유도 좋은 책을 더 많이 사기 위해서입니다. ('미역창고'의 책장 공사가 갑자기 확대되는 바람에 그동안 공사를 위해 모아뒀던 돈이 다 떨어졌습니다. 그래서 아직 출판되지도 않은 이 책의 인세를 먼저 지급해달라고 출판사에 부탁했습니다. 흔쾌히 선인세를 지급하기로 결정해준 출판사 분들께 진심으로 감사드립니다.)

'미역창고' 공사를 하면서 새롭게 결심한 일이 있습니다. 이제는 '나 때문에 사람들이 모이는 일'은 피하기로 한 겁니다. 예를 들어 '출판기념회', '전시회' 같은 행사입니다. 이제 '나름 화가'라며 그림을 그리니, 다들 언제 '전시회' 하냐고 물어봅니다. '민폐'입니다! 어설픈 '인정 투쟁'은 이제 그만해야 할 나이입니다. 그래서 나중에 죽으면 내 '장례식'도 하지 말라고 했습니다. 그러나 내 책은 당분간 많이 팔려야 합니다. 새롭게 만들어질 빈 책장을 좋은 책들로 가득 채워야 하기 때문입니다. 독자들과 교감할 수 있는 좋은 책을 쓰고, 그렇게 얻어지는 수익으로 '미역창고'의 빈 책장을 채워나가고, 그 책들을 바탕으로 또다시 좋은 책을 쓰는 그런 선순환이 가능한 삶을 살고 싶습니다. 앞으로 한 십 년은 그렇게 살고 싶습니다. 너무 큰 욕심일까요?

'미역창고'에서는 내 자신에게 더욱 충실하고 싶습니다. 심리학자 비고츠키의 이론 중에 '내적 언어innere Sprache'라는 개념이 있습니다. '생각'이란 '내적 언어'라는 뜻입니다. 타인과의 상호작용이 '기호sign'와 '상징symbol'을 매개로 내면화된 결과가 '생각', 즉 '내적 언어'라는 겁니다. 책은 이 같은 '내적 대화'를 가능케 하는 가장 훌륭한 매개체입니다. 내 공간충동의 최종 목적지는 '자신과의 내적 대화', 즉 '생각'입니다.

물론 담보로 해야 할 것이 있습니다. '외로움'입니다. 세상에 공짜는 없습니다. 외로움을 담보로 해야 '책을 매개로 한 내적 대화'가 진실해집니다. 나이가 들수록 외로움을 더 느낍니다. 다들 그 외로움을 피하려고 '관계'로 도피하는 걸 봅니다. 나는 유난히 '외로움'을 두려워합니다. 독일 유학 초기에 너무 외로워서 맛이 완전히 간 적도 있습니다. 누워 있으면 천장이 내려오고, 벽이 밀고 들어오는 '폐소공포증' 증세도 있었습니다.

요즘도 혼자 배를 타고 섬으로 들어가다 보면, 이 외롭고 낯선 공간에서 내가 정말 견딜 수 있을까 하는 생각을 자주 합니다. 그러나 세상에 어리석은 일이 '외로움을 피해 관계로 도피하는 것'이라고 생각합니다. 모든 고통은 '불필요한 관계'에서 나옵니다. 차라리 '외로움'을 견디며 내 스스로에게 진실한 것이 옳습니다. 진짜 외

로워야 내 스스로에게 충실해지고, 내 자신에 대해 진실해야 내가
사랑하는 이들과의 관계가 더욱 소중해집니다.

'미역창고'에서는
그림도 열심히 그릴 겁니다

'공간충동'을 지속적으로 충족하려면 그 공간에서 추구할 수 있는
의미와 내용이 있어야 합니다. 내 나름의 콘텐츠가 있어야 그 공간
도 유지될 수 있다는 이야기입니다. 그래서 '미역창고'에서 앞으로
십 년간 해야 할 일의 계획도 구체적으로 세웠습니다. 우선 슈베르
트의 연가곡 〈겨울 나그네Winterreise〉를 번역, 해설하고 각 노래에 맞
는 그림을 크게 그리려고 합니다. 〈겨울 나그네〉를 연주하는 음
악회가 매년 겨울이면 그렇게 많이 개최되는데 제대로 된 번역을
본 적이 없습니다. 일제강점기에 번역된 것 같은, 아주 낡은 것들
만 돌아다닙니다. 독일 가곡은 가사를 제대로 이해해야 흥미롭게
들립니다. 〈겨울 나그네〉의 스물네 개나 되는 곡을 번역하고 그림
을 그리려면 꽤 오랜 시간이 필요할 듯합니다. 그게 끝나면 슈만의
〈시인의 사랑Dichterliebe〉도 그렇게 할 겁니다.

이 세상에 '글 잘 쓰는 사람'은 많습니다. '그림 잘 그리는 사람'도 많습니다. 그러나 '둘 다 하는 사람'은 별로 없습니다. 나는 그림도 그리고, 글도 씁니다. 게다가 난 '마스크'도 됩니다. 당분간은 큰 문제 없을 듯합니다. 외로움도 곧 견딜 만해질 겁니다. 바람만 불어도 귓등이 귀를 덮는 내 친구 문창기가 '섬이 미래'라는 내 말에 흥분해 아무것도 없는 옆 섬 절벽 땅을 덜컥 샀기 때문입니다. ('팔랑귀'가 성공합니다! 바로 행동하기 때문입니다.) 후배 허태균 교수도 이제 거의 다 넘어왔습니다.

천국에서는
'바닷가 해 지는 이야기'만 합니다!

끝으로 하나 더. 천국에서는 '바닷가 해 지는 이야기'만 합니다. '남 욕하는 이야기', '돈 버는 이야기'는 할 필요가 없기 때문입니다. 여수 남쪽 섬의 내 '미역창고' 앞에서는 매일 해가 집니다. 동해 바다나 제주 바다의 석양과는 차원이 다릅니다. 수평선이 한없이 펼쳐지는 망망대해는 처음에만 '와, 멋있다!' 했다가는 이내 심드렁해집니다. 눈길을 둘 곳이 없기 때문입니다. 그러나 '나비처럼 생긴 여수'의 바다는 다릅니다. 섬이 무지하게 많아 시선을 멈추기가 힘

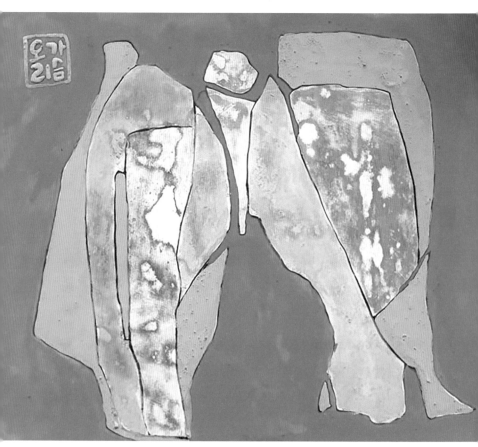

여수는 나비다

이 듭니다. 갯벌에 물이 드나드는 모습만 보고 있어도 하루가 훌쩍 지나갑니다.

이래저래, 난 천국에서도 말이 참 많을 것 같습니다!

아, 며칠 전 섬에
비가 많이 내렸습니다

건물 내부 수조 밑바닥에서 물이 스멀스멀 배어 올라옵니다. 이거 정말 큰일 났습니다. 장마 지면 말 그대로 물이 꽉 찬 수조가 될 듯 합니다. 수조 쪽의 벽을 죄다 뜯고 다시 공사해야 하나 봅니다. 거 참, 각오하고 있었지만 너무 일찍 문제가 터진 것 같습니다.

모두들 평안하시기를……

KI신서 8151

바닷가 작업실에서는 전혀 다른 시간이 흐른다

1판 1쇄 발행 2019년 5월 15일
1판 9쇄 발행 2023년 8월 25일

지은이 김정운
펴낸이 김영곤
펴낸곳 (주)북이십일 21세기북스
사진 김춘호
출판마케팅영업본부 본부장 한충희
출판영업팀 최명열 김다운 김도연
제작팀 이영민 권경민

출판등록 2000년 5월 6일 제406-2003-061호
주소 (우 10881) 경기도 파주시 회동길 201(문발동)
대표전화 031-955-2100 팩스 031-955-2151 이메일 book21@book21.co.kr

(주)북이십일 경계를 허무는 콘텐츠 리더

21세기북스 채널에서 도서 정보와 다양한 영상자료, 이벤트를 만나세요!
페이스북 facebook.com/jiinpill21 **포스트** post.naver.com/21c_editors
인스타그램 instagram.com/jiinpill21 **홈페이지** www.book21.com
유튜브 www.youtube.com/book21pub

서울대 **가**지 않아도 들을 수 있는 **명강**의! 〈서가명강〉
유튜브, 네이버, 팟캐스트에서 '서가명강'을 검색해보세요!

ⓒ 김정운, 2019
ISBN 978-89-509-8108-2 03810